GROWL & PROWL

~GESTALTWANDLER WIDER WILLEN~
DOMINICK

NYT AND USA TODAY BESTSELLING AUTHOR
EVE LANGLAIS

Copyright © 2021 Eve Langlais

Englischer Originaltitel: »Dominick (Growl and Prowl Book 1)«
Deutsche Übersetzung: Noëlle-Sophie Niederberger für Daniela Mansfield Translations 2021

Alle Rechte vorbehalten. Dies ist ein Werk der Fiktion. Namen, Darsteller, Orte und Handlung entspringen entweder der Fantasie der Autorin oder werden fiktiv eingesetzt. Jegliche Ähnlichkeit mit tatsächlichen Vorkommnissen, Schauplätzen oder Personen, lebend oder verstorben, ist rein zufällig.
Dieses Buch darf ohne die ausdrückliche schriftliche Genehmigung der Autorin weder in seiner Gesamtheit noch in Auszügen auf keinerlei Art mithilfe elektronischer oder mechanischer Mittel vervielfältigt oder weitergegeben werden.

Titelbild entworfen von: Yocla Designs © 2021
Herausgegeben von: Eve Langlais www.evelanglais.com

eBook ISBN: 978-1-77384-263-9
Taschenbuch ISBN: 978-1-77384-264-6

PROLOG

»Vernichten Sie ihn.« Der kalte Befehl erschütterte den Arzt.

»Das kann nicht Ihr Ernst sein.« Johan richtete seine Brille, die bereits fest auf seiner Nase saß. Er konnte nicht umhin, unruhig zu werden.

»Es ist mein voller Ernst. Er ist nutzlos für mich«, sagte der Mann, der das Projekt finanzierte.

Er war einfach nur als Mr. X bekannt und niemand kannte seinen wahren Namen, aber alle fürchteten ihn. Mr. X, der immer einen Anzug und eine übergroße Panoramasonnenbrille trug, neigte dazu, plötzlich zu erscheinen und mit einem praktisch gebellten Befehl dramatische Änderungen zu fordern.

Dr. Johan Philips stand neben seinem Arbeitgeber, während sie das fragliche Subjekt durch das

Spiegelglas beobachteten, welches den Blick auf einen Raum freigab, der sich sechs Meter unter ihnen befand. Er war als Fitnessstudio eingerichtet und enthielt gepolsterte Matten, Barren und Seile zum Hochklettern. Zu jeder Tageszeit konnten mindestens zwei bis vier Subjekte dabei beobachtet werden, wie sie anstrengende Leibesübungen durchführen mussten, wobei ihre kleinen Körper trotz ihres Alters agil und stark waren.

»Es erscheint mir recht verfrüht, ihn als nutzlos zu bezeichnen. Er ist immer noch jung.« Das fragliche Subjekt war nicht einmal fünf Jahre alt und der Einzige, der in diesem Jahr unter den vielen Geburten überlebt hatte.

»Die brauchbaren Subjekte haben sich in diesem Alter immer offenbart. Den Zahlen nach zu urteilen mehr als fünfundneunzig Prozent.«

»Aus einem immer noch recht begrenzten Pool aus Kandidaten.« Eine schwache Antwort, denn Johan hatte ebenfalls die Statistiken gesehen. Diejenigen, die sich nicht offenbarten, bis sie zwei wurden, hatten fast ausnahmslos gesundheitliche Probleme und starben, bevor sie das sechste Lebensjahr erreichten. Dieses Projekt war langsam vorangegangen, bevor er erschienen war.

»Der Anteil der Versagenden ist geworden, seit Sie übernommen haben«, merkte Mr. X an.

»Weil wir neue Dinge versucht haben. Es ist zu erwarten, dass an den Veränderungen noch ein wenig justiert werden muss, damit sie ihre Wirkung voll entfalten.«

»Ich war mehr als geduldig. Aber offensichtlich haben *Sie* etwas falsch gemacht. So wie ich es verstehe, ist er einfach der älteste aktuelle Fehlschlag. Es werden noch weitere kommen.«

Johan wurde unruhig und hoffte, dass Mr. X nicht bemerkte, wie er zu schwitzen begann. »Wenn ich nur mehr Zeit hätte … ich bin mir sicher, dass wir nur seinen Auslöser finden müssen.« Die Sache, die das Subjekt wertvoll machen würde. Die ihm das Leben retten würde.

»Mehr Zeit bedeutet mehr Geld. Er muss entfernt werden, um Platz für andere Anwärter zu machen.«

Und mit *entfernt* meinte Mr. X nicht, ihn an einen anderen Ort zu schicken. Es wurde zu jeder Zeit ein Ofen heiß gehalten, um sich um die Subjekte zu kümmern, die Schwierigkeiten machen könnten, falls sie auf die falschen Menschen trafen.

Dennoch war Johan Philips nicht der erste Arzt in seiner Familie geworden, damit er Mord billigen konnte. »Er ist noch ein Kind.«

»Da liegen Sie falsch. Er ist ein Fehlschlag. *Ihr* Fehlschlag. Es wäre eine Schande, wenn Sie sein Schicksal teilen würden.«

Johan schluckte schwer. Er wusste, dass Mr. X es nicht scherzhaft meinte. Alle waren sich der Tatsache sehr wohl bewusst, dass der Wissenschaftler, der vor ihm an dem Projekt gearbeitet hatte, bei einem schrecklichen Autounfall ums Leben gekommen war.

Trotz dessen, was in den Berichten behauptet wurde, war es kein Unfall gewesen.

Wessen Leben war wichtiger? Seines oder das des in einem Labor kreierten Subjekts? Der Arzt presste seine Lippen fest aufeinander und nickte. »Es soll sein, wie Sie es befehlen. Ich werde ihn bis zum Ende des Tages entfernen lassen.«

Mr. X wandte sich vom Fenster ab. »Von jetzt an vernichten Sie sie, wenn sie sich nicht bis zu ihrem dritten Lebensjahr offenbaren.«

»Das würde in Kürze zwei weitere Kinder betreffen«, rief er aus.

»Ich weiß. Kümmern Sie sich darum.« Mit diesem unheilvollen Befehl entfernte sich Mr. X.

Und doch blieb Johan noch eine Weile länger und starrte den kleinen Jungen an, der in dem Raum spielte. Gesund und aufgeweckt. Sein einziger Fehler war, dass er zu menschlich war.

Johan besuchte das Kind erst später an diesem Tag mit schwerem Herzen. Besonders, da das Subjekt DK04 bei seinem Anblick lächelte. »Hey, Dr. P.«

Emotional und mit beinahe genügend Schuldgefühlen, um ihn zu einer Flucht zu treiben, tat er das, was er tun musste. Als Mr. X das nächste Mal anrief und fragte: »Haben Sie sich des Fehlschlages entledigt?«, musste der Arzt nicht lügen, als er mit »Ja« antwortete.

Über die Jahre wurden weitere Kinder ebenfalls entfernt. Keines von ihnen kam je in die Verbrennungsanlage.

Als Johan siebenundzwanzig Jahre später bei einem Autounfall sein Leben verlor, nahm er dieses Geheimnis mit sich.

KAPITEL EINS

»Iss diesen Keks und stirb.« Die Drohung ließ Dominicks Hand in der Luft innehalten.

Wie hatte Mom hören können, dass er nach dem abkühlenden Leckerbissen griff? Bis zu diesem Tag beneidete Dominick sie um ihre Fähigkeit, sich lautlos anzuschleichen. Er versuchte sogar, sie nachzuahmen, und dachte, er wäre gut in seiner heimlichen Mission gewesen.

Seine Mutter mit den Ohren eines Ninjas hörte ihn und drohte ihm jetzt mit einem metallenen Pfannenwender. Aus vorherigen Begegnungen mit diesem Küchengerät wusste er, dass sie ihm auf die Hand schlagen würde, wenn diese sich bewegte.

Die Frage war jedoch: War es das Brennen und ihren Zorn wert?

»Kann ich nicht nur einen haben?« Ja, er jammerte. Jeder mit Geschmacksnerven hätte um einen Keks gebettelt, der von Nanette »Nana« Hubbard gebacken worden war. Seine Adoptivmutter, Umarmerin, Keksbäckerin und aktuell in ihrem Modus der rächenden Küchengöttin.

Mit dem Pfannenwender in der einen Hand, die Finger der anderen um ihren Gehstock gelegt, mochte Mom mit ihrer Körpergröße von einem Meter fünfzig vielleicht winzig sein, aber dennoch würde sie ihm den Hintern versohlen. Niemand machte den Fehler zu denken, dass die krausen, grauen Locken und Lachfalten sie schwach machten. Nana Hubbard war eine Naturgewalt, und Dominick wusste es besser, als eine Warnung zu ignorieren.

Aber ein Keks.

Heiß aus dem Ofen.

Hafer, mit Schokoladenstückchen und Rosinen.

Seine Lieblingssorte.

Er brauchte einen.

Brauchte. Er knurrte das Wort fast. Er hatte in letzter Zeit Probleme mit seinen Emotionen gehabt. Zu viel Energie war in ihm aufgestaut.

Und Hunger. Kombiniert mit dem Mangel an Impulskontrolle, also wagte er es!

Der Keks, den er sich in den Mund schob,

brannte und schmerzte beinahe so sehr wie der Schlag. Er hatte in seinem Leben schlimmere Misshandlungen ertragen, aber niemals von seiner Mutter. Sie mochte ihnen vielleicht die ein oder andere Ohrfeige verpassen, wenn wiederholte Warnungen ignoriert wurden, aber sie verletzte Dominick oder die anderen Kinder niemals wirklich. Nana bellte, aber sie biss nicht zu.

Die größten Schwierigkeiten, in die er je geraten war, passierten in der neunten Klasse, als er diesen Smithers-Jungen ins Krankenhaus beförderte. Seine Schwester beleidigen? Oh nein. Dominick hatte seiner Mutter nie erzählt, warum er dem Kind wehgetan hatte – Pammy verdiente keine Wiederholung davon –, und ertrug das Zerren an seinem Ohr und das Geschrei, als sie ihn in sein Zimmer schickte.

Das war es wert. Seine Schwester umarmte ihn und weinte, während sie sagte: »Danke.« Es war kein Dank nötig. Adoptiert oder nicht, Pammy war seine Schwester und er beschützte seine Familie.

Später an diesem Abend brachte Mom ihm seinen Lieblingsnachtisch und sagte: »Lass dich nächstes Mal nicht erwischen.«

Das tat er nicht. Aber diese Gewalt, dieser innere Frust, pulsierte heftiger als zuvor. Sie wollte ein Ventil. Dieses fand er im Militär.

Von seinem achtzehnten Lebensjahr bis vor zwei Wochen hatte Dominick seinem Land gedient. Er brauchte die Struktur. Er lernte, das Pulsieren in ihm zu kontrollieren. Als versuchte etwas, aus ihm herauszukriechen.

Jahrelang hatte er gedacht, er hätte es unter Kontrolle, und sobald er dreißig wurde, stellte er fest, dass er unentwegt gegen unerklärlichen Zorn ankämpfte. Er provozierte Schlägereien. Wenn er nicht im Einsatz war, war er immer im Fitnessstudio zu finden. Aber die blauen Augen und lockeren Zähne waren nicht der Grund, warum die Leute bemerkten, dass er ein Problem hatte.

Diese Schuld hatte beschissenes Marihuana, das mit irgendetwas gestreckt war.

Dominick wachte ungefähr zehn Kilometer vom Lager entfernt auf, nackt und voller Tierblut. Besonders um seinen Mund herum. Bei seinem Glück fand ihn die Militärpolizei des Lagers und kehrte es nicht unter den Teppich.

Es dauerte nicht lange, bis er aus medizinischen Gründen entlassen wurde. Die Ärzte behaupteten, es sei eine Posttraumatische Belastungsstörung, und das war es auch schon. Militärkarriere zu Ende.

Am Boden zerstört kehrte Dominick nach Hause zurück, da er nirgendwo sonst hinkonnte.

Angesichts seiner ständigen Einsätze hatte er sich eine Weile lang nicht mehr die Mühe gemacht, eine Wohnung zu mieten.

Selbst jetzt, nachdem er fast zwei Wochen zu Hause war, verblieb sein Zeug in Kartons verpackt im Keller, wo es schon seit Jahren war. Dominick hatte nur das Notwendigste in seinem alten Zimmer, welches er sich einst mit seinen Brüdern Stefan und Raymond geteilt hatte. Jetzt war es nur Dominick im oberen Stockbett, das jedes Mal unheilvoll quietschte, wenn er hineinkletterte. Er sollte es wirklich auseinanderbauen und den Rahmen in etwas verwandeln, in das zwei Personen nebeneinander passten. Das tat er jedoch nicht, überwiegend weil es andeuten würde, dass seine Situation von Dauer war.

Nicht wirklich eine schlechte Sache, da es wesentlich bequemer war als einige der Orte, an denen er untergekommen war. Unter den schwach leuchtenden Sternenkonstellationen an der Decke schlief er so friedlich wie schon seit Jahren nicht mehr. Wenn er die seltsamen Träume ignorierte, in denen er durch Wälder rannte und die Art von Jagd betrieb, die keine Waffe beinhaltete.

Aber positiv zu verzeichnen war, dass er keine Aussetzer hatte. Er blieb frei von Drogen und Alkohol. Er wollte nicht einmal eine Zigarette, egal wie oft Stefan ihm eine anbot. Nikotin war eine Droge. Er musste die Kontrolle behalten.

Zu Hause zu sein half ihm dabei. Die bekannte Umgebung barg Ruhe in sich. Es entspannte ihn, bei seiner Familie zu sein. Besonders bei seiner Mutter, die liebend gern kochte.

Auch das war gut, denn er hatte großen Appetit. Seit seiner Rückkehr war Dominick ständig hungrig. Was der Grund war, warum der Schmerz in seinem Mund und auf seiner Hand nachließ, während er die frischen Kekse anstarrte. Er vergaß völlig die Konsequenzen, als er einen weiteren stahl.

Er konnte einfach nicht widerstehen. Diese runden, herrlichen Bissen hätten jetzt die perfekte Temperatur.

Ich will.

Er griff erneut danach und fing sich einen weiteren Schlag ein.

Nur ein Bissen war nötig, um das Paradies zu finden. Er stöhnte, als seine Mutter mahnte: »Du Balg! Die sind für den Kuchenbasar in Tysons Schule.« Tyson war sein wesentlich jüngerer Bruder. Sechzehn und mehr als typisch für sein Alter.

Dominick zog einen Geldschein aus seiner

Tasche und reichte ihn ihr. »Wird mir das einen dritten erkaufen?«

»Du kannst noch einen haben. Und nicht den größten«, fügte sie kopfschüttelnd hinzu.

Dominick schnappte sich einen mittelgroßen Keks mit vielen Schokoladenstückchen und nahm sich Zeit, ihn zu genießen, wobei er kleinere Bissen nahm, während er Mom dabei zusah, wie sie durch die Küche wuselte.

Trotz des Gehstocks, den sie immer griffbereit hatte, bewegte sie sich recht gut und ließ sich von der Steifheit in ihrem rechten Bein nicht beeinträchtigen. Aber er machte sich Sorgen.

Das taten sie alle. Er und seine anderen Geschwister. Mehr, als die meisten Leute hatten. Bei der letzten Zählung waren es neun, ihn eingeschlossen, wobei das jüngste neun Jahre alt war.

Was hätten sie getan, wenn Mom vor ein paar Monaten bei diesem Autounfall gestorben wäre?

»Hör auf, mich anzustarren.« Sie erwischte und rügte ihn.

»Bist du sicher, dass es dir gut geht?«

»Würdest du aufhören, dir Sorgen zu machen? Es geht mir gut. Ich bin nur alt. Die Heilung dauert länger.«

»Wenn ich jemals die Person in die Finger

kriege, die dieses Stoppschild überfahren hat ...«
Er knurrte. Tief. Erschreckend.

Seine Mutter beäugte ihn. »Du wirst nichts tun. Denn die Polizei wird ihre Arbeit erledigen, und den Täter wird man festnehmen und ins Gefängnis stecken. Wage es nicht, irgendetwas zu tun, das unser Thanksgiving-Abendessen ruiniert.«

Bei der Erwähnung eben dessen machte er auf distanziert. »Kommt darauf an. Was kochst du?«

»Als würdest du dich um etwas anderes scheren als meine Fleischpastete«, schnaubte Mom.

Sie hatte recht. Er liebte Fleischpastete, die Version aus Quebec, mit Fleischstücken, Kartoffeln, Zwiebeln und geschnittenen Karotten. Gekocht zu einer blättrigen Kruste, die im Mund zusammen mit dem Geschmack der Gewürze und der Bratensoße explodierte. Die Fleischstücke schmolzen im Mund. Mmm.

»Du träumst schon wieder von Essen«, bemerkte Mom, während sie die Kekse in eine Dose legte.

»Scheiße ja, das tue ich.« Zu viele Jahre von Feldrationen hatten seinen Appetit verstärkt.

»Nicht solche Wörter!«

Das zauberte ihm ein Lächeln auf die Lippen. »Bitte, ich habe dich schlimmere verwenden hören.«

»Was ist aus tu-was-ich-sage-und-sprich-nicht-wie-ich-es-tue geworden?« Mom zog eine Augenbraue hoch.

»Ich glaube, ich bin jetzt alt genug, um die Worte zu benutzen, die mir gefallen.«

»Oh, wirklich?«, erwiderte seine Mutter. »Wir haben junge, beeinflussbare Ohren im Haus.«

Er prustete. »Hast du Tyson gehört, wenn er mit seinen Freunden Online-Spiele spielt?«

»Lästerst du über deinen Bruder?« Angesichts des Altersunterschieds zwischen ihnen war er wohl eher wie ein Onkel.

»Der Junge braucht eine feste, führende Hand. Lässt du nach, alte Frau?« Er duckte sich, bevor sie etwas nach ihm werfen konnte, und grinste über ihr Schnauben.

»Fang bloß nicht an. Du weißt, dass Tyson ein hartes Jahr hatte. Er kann es im Moment wirklich nicht gebrauchen, dass ich die ganze Zeit auf ihm herumhacke. Oder willst du mir sagen, dass du ein besserer Elternteil bist, Mr. Besitzt-nicht-einmal-einen-Hund?«

Er rümpfte die Nase. »Das werde ich auch nie. Und ich nehme an, du bist eine überwiegend fantastische Mutter«, neckte er sie. Seine Familie war das Einzige, das seine sanftere Seite hervorlocken konnte.

»Nur überwiegend fantastisch?«, gab sie zurück.

»Bei einem weiteren Keks würde ich es mir vielleicht anders überlegen.« Er versuchte es und wurde zurückgewiesen.

»Ha. Mal sehen, ob ich dir die guten Sachen backe.« Sie pikste seinen Bauch. »Von jetzt an nur noch gesunde Optionen für dich.«

»Solange sie Schokolade enthalten.«

»Selbst das Hähnchen, das ich zum Abendessen mache?«

»Hähnchen?« Seine Augen strahlten. »Welche Art?« Denn Mom machte eine unglaubliche frittierte Version mit einem Buttermilchteig, der bei jedem Bissen krachte. Aber sie hatte auch diese Version mit einer Zitronensoße, ooh … und die mit der Füllung –

»Hör auf zu sabbern. Ich habe sie noch nicht einmal in den Ofen getan.« Ein riesiges Gerät, wie man es in Restaurants finden würde und in dem selten *nicht* etwas zubereitet wurde. Bei neun Kindern hatte sie gelernt, zu jeder Zeit große Mengen an Speisen bereitzuhalten. Nicht ein einziger Rest wurde je verschwendet. Sonntag war Küchenspüle-Tag. Alle Reste im Kühlschrank mussten raus, und wenn keine übrig waren? Sie hatten eine Pizzeria auf der Kurzwahltaste, denn Sonntag war Moms Ruhetag.

»Wie viele erwartest du heute zum Abendessen?« Das konnte stark variieren, denn seine Geschwister konnten jederzeit Freunde oder Freundinnen mitbringen. Mom stellte sich immer der Herausforderung und niemals verließ jemand den Tisch hungrig. Es half, dass sie auf einer Farm mit ein paar Tieren und Nutzpflanzen lebten. Trotzdem versorgte es nicht mit allem.

»Keine Ahnung. Es ist nicht so, als würdet ihr mich warnen.« Sie rümpfte die Nase, aber das Grummeln war nur halbherzig.

»Brauchst du bei irgendetwas Hilfe?«, fragte er.

»Ich bin froh, dass du fragst.« Seine Mom schenkte ihm ein Lächeln, das ihm plötzlich Angst machte. Solche Angst. »Ich brauche ein paar Sachen aus dem Laden.«

Da er dieses Spiel bereits zuvor gespielt hatte, wusste er, dass ein paar Sachen mit großer Wahrscheinlichkeit ein Dutzend bedeutete, mit konkreten Marken. Er streckte seine Hand aus. »Gib mir die Liste.«

»Und Papier verschwenden?« Sie schnaubte. »Ich dachte, du willst den Planeten retten.«

»Vor bösen Jungs.«

»Na ja, jetzt kannst du ihn vor Müll und Verschmutzung retten.« Mom holte ihr Handy hervor und begann zu tippen.

Sein Handy vibrierte. »Ich nehme an, das ist die Liste.«

»Ja. Du kannst meinen Minivan nehmen.«

»Ich Glückspilz.« Denn nichts drückte mehr *großer, gefährlicher Ex-Soldat* aus, als einen himmelblauen Minivan mit einem Aufkleber zu fahren, auf dem stand: *Wenn du das lesen kannst, hoffe ich, dass du einen schönen Tag hast.*

Entmannend.

»Gern geschehen. Die Einkaufskisten sind im Kofferraum gestapelt.«

»Kisten? Von wie vielen Lebensmitteln sprechen wir?« Er holte sein Handy hervor und tippte, um die Nachricht zu öffnen, die sie mit einem Link geschickt hatte. Seine Augen wurden groß. »Was um aller Welt ist das?«

»Die Einkaufsliste. Und weil ich nett bin, habe ich die Sachen in eine Tabelle nach Laden sortiert eingetragen und dabei den Gang, Preis und die Anzahl hinzugefügt.« Dieser Organisationsfetisch hob ihre Verrücktheit auf eine völlig neue Stufe.

»Bist du sicher, dass das richtig ist? Das ist verdammt viel.« Im Sinne von: Er könnte auch einfach einen Laden auf das Dach des Minivans schnüren und nach Hause bringen.

»Nimmst du die Herausforderung nicht an?

Vielleicht ist dein kleiner Bruder für die Aufgabe besser geeignet.«

Obwohl er die Beleidigung erkannte, sträubte er sich. Dominick richtete sich auf. »Ich kann damit umgehen. Es sind nur Lebensmittel.«

»Ein paar Tage vor Thanksgiving. Und du, ein Anfänger.« Sie schüttelte den Kopf. »Vielleicht sollte ich selbst fahren.«

Er steckte das Handy weg. »Wie schwer kann es sein?«

Schwerer als erwartet, denn im Regal mit den Preiselbeeren waren nur noch zwei verbeulte Dosen übrig, um die drei Leute konkurrierten.

Sicher würde die Dose Kirschen ausreichen. Er bekam auch keine Kürbiskuchenfüllung, und das, obwohl er sich im dritten Lebensmittelladen befand.

Laut jemandem, der ihn darüber hatte murmeln hören, war es seit der COVID-19-Pandemie schwieriger, die Regale zu füllen. Geschäfte gingen unter. Der Transport war langsamer geworden.

Das könnte der Grund sein, warum er es bei seinem letzten Halt ein wenig übertrieb, wo er kartonweise Süßigkeiten kaufte. Zu seiner Verteidigung sollte angemerkt werden, es war schwer, sich zu entscheiden. Schokoladenkuchen mit Vanilleglasur oder Vanillekuchen? Was war mit dem mit

Kokosnuss oder den mit Honig überzogenen Donuts? Er kaufte von allem zwei. Wenn er seinen eigenen Vorrat an Süßigkeiten hatte, konnte er Schläge auf die Hand vermeiden.

Die Schlange an der Kasse bewegte sich nur langsam voran mit auf dem Boden markierten Stellen zur Erinnerung an das Abstandsgebot. Die meisten Leute achteten darauf, aber manche drängelten. Als jemand mit seinem Wagen seine Hacken berührte, drehte er sich um und fletschte die Zähne. Seine Knöchel bekamen keine Entschuldigung, aber der Wagen berührte ihn nicht erneut.

Als Dominick sich mit seinem übervollen Einkaufswagen der Kasse näherte, sah er eine Frau hinter dem Plexiglasschutz für den Kassierer. Ihr dunkelblondes Haar war zu einem Pferdeschwanz gebunden, ihre Nase und ihre Wangen waren von so vielen Sommersprossen wie eh und je überzogen.

Sein Herz setzte wortwörtlich einen Schlag aus.

»Heilige Scheiße, bist das du, Anika?«

Mit ihren haselnussbraunen Augen blickte sie in seine, und es waren eine Sekunde und ein Stirnrunzeln nötig, bevor sie murmelte: »Dominick?«

»Ja, aus der Highschool. Erinnerst du dich an mich?«

Ihre Lippen zuckten. »Das tue ich.« Ihr Blick fiel

von seinem Gesicht zu seinem Bauch, was ihn daran erinnerte, wie sie ihn geschlagen hatte. Er hatte sich auf einer Party betrunken und vorgeschlagen, sie sollten miteinander schlafen. Eigentlich hatte er gesagt: »*Hey Süße, du siehst so gut aus, dass man dich ablecken möchte.*«

Sie hatte abgelehnt. Also hatte er weitergemacht und gesagt: »*Na ja, wenn ich dich nicht kosten kann, dann darfst du gern an mir saugen.*«

Sie hatte ihm in den Magen geschlagen und erwidert: »*Du bist widerlich.*«

Wohlverdient. Und er war zerknirscht gewesen, als er nüchtern wurde. Er versuchte sogar, es wiedergutzumachen. Sie hatte ihm den Mittelfinger gezeigt.

Das wiederum hatte dazu geführt, dass er für seine restliche Schulzeit schwer in sie verliebt war. Aber es waren Gefühle, die nicht erwidert wurden.

Bis zu diesem Tag erschien sie nicht beeindruckt. Sie ignorierte ihn, während sie die Sachen über den Scanner zog.

»Also, was hast du so gemacht?«, fragte er.

»Gearbeitet.«

»Ich auch. Militär.«

»Schön für dich.« Sie murmelte es, ohne aufzusehen.

Ein Blick auf ihre Hand zeigte keinen Ring, aber das bedeutete gar nichts. »Wie geht es dir?«

Anstatt zu antworten, scannte sie weiter. In Dominick stieg ein bekannter Frust auf. Was zum Teufel war ihr Problem?

»Bist du immer so fröhlich oder habe ich dich während deiner Periode erwischt?« Reue traf ihn in dem Moment, in dem die Worte seinen Mund verließen.

Sie funkelte ihn an. »Bist du immer ein Riesenarschloch oder ist das mein Glückstag?«

»Ich wäre kein Arschloch, wenn du keine Zicke wärst.«

Oh-oh.

Ihre Augen wurden schmal. »Wow, mit einer strahlenden Persönlichkeit wie der deinen muss es dich ein Vermögen kosten, Nutten davon zu überzeugen, mit dir auszugehen.«

Ihm fiel die Kinnlade herunter und in diesem Moment geschah etwas Merkwürdiges.

Der Zorn in ihm ging in Begierde über. Was ihn zu folgender Antwort verleitete: »Tausend Mäuse für die Nacht. Ich werde sogar für das Zimmer bezahlen.«

KAPITEL ZWEI

Hatte er soeben ...

Nein.

Das hatte er nicht.

Verdammt, er hatte es getan.

»Ich bin keine Hure«, fauchte sie.

»Das habe ich nie behauptet.«

»Du hast mir gerade Geld für Sex angeboten«, zischte sie.

»Also ist das ein Nein?«

Wenn nicht der Plexiglasschutz gewesen wäre, hätte sie ihn geohrfeigt.

»Du bist widerlich.«

»Du warst diejenige, die behauptet hat, ich müsste es mir kaufen.«

»Weil es mir schwerfällt zu glauben, dass du charmant genug sein könntest, um irgendjemanden davon zu überzeugen, mit dir auf eine Verabredung zu gehen.« Nicht ganz die Wahrheit. Er sah gut genug aus, dass viele Frauen vermutlich sein frauenverachtendes Mundwerk ignorieren würden. Aber nicht sie.

»Ich muss nicht charmant sein, ich bin groß und schwer.« Er blähte seine Brust auf.

Sie blinzelte über seine Arroganz. »Dann mach eine Diät.«

Er starrte sie an. »Ich bin nicht fett.«

»Du bist derjenige, der gesagt hat, du seist groß und schwer.« Sie hätte einfach den Mund halten sollen, aber nein, sie musste einfach auf seine Sticheleien reagieren.

»Ich meinte es im Sinne von groß und schwer, wo es zählt. Du weißt schon. Da unten.«

»Ich weiß, was du meintest, und ich kann immer noch nicht glauben, dass du es gesagt hast. Ernsthaft? Welchen Teil von *nicht interessiert* verstehst du nicht?« Männer konnten absolute Schweine sein, und sie musste es wissen. Sie schienen zu denken, dass sie alles zu ihr sagen konnten, was sie wollten, nur weil sie an der Kasse saß.

Er tobte. »Was ist dein Problem mit mir?«

»Ich habe dich seit fast zwanzig Jahren nicht gesehen, und du denkst, es sei bei unserem ersten

Gespräch angemessen, mir Geld anzubieten, um mich zu prostituieren, und mir zu sagen, du hättest einen großen Schwanz?« Sie zog eine Augenbraue hoch. »Wohl eher nicht.« Sie scannte weiter seine Snacks. Schachtel über Schachtel.

Obwohl sie ihn als übergewichtig bezeichnet hatte, konnte sie sehen – selbst mit seinem lockeren Karohemd –, dass er ziemlich gut in Form war. Es musste schön sein, essen zu können, was auch immer man wollte. Anika hatte Probleme mit ihrem Gewicht und obwohl sie sich an eine strikte Diät und Trainingsprogramm hielt, würde sie niemals zierlich sein.

Aber manche Menschen verstanden das nicht. Ihr war ihr ganzes Leben lang »Brauchst du diese zweite Portion wirklich? Vielleicht solltest du den Nachtisch auslassen« an den Kopf geworfen worden.

Vielleicht sollten sich die Leute um ihre eigenen verdammten Angelegenheiten kümmern. Sie hatte schwere Knochen, was bedeutete, dass sie breiter und kräftiger war als manche Mädchen. Aber sie war nicht fett. Sie trainierte jeden Tag. Ihr Bauch war flach, ihre Arme und Beine waren stark.

»Tut mir leid, wenn ich dich beleidigt habe.« Es klang steif. Alles andere als aufrichtig.

Sie prustete. »Als würde mich das interessieren.

Weißt du, wie viele Kerle denken, es sei in Ordnung, solche Sachen zu mir zu sagen? Und fang gar nicht erst mit den Frauen an.«

»Wenn dir der Job nicht gefällt, dann ändere es.«

Ihr Rücken wurde gerade. »Entschuldige, wage es nicht, mich und das, was meinen Lebensunterhalt finanziert, schlechtzumachen.«

Sein Mund wurde rund. »Du hast gerade gesagt, die Leute seien gemein zu dir.«

Sie packte seinen Einkauf wütend in Tüten. »Um das Argument anzubringen, dass ich daran gewöhnt bin, dass Arschlöcher wie du herkommen und denken, sie können mit mir reden, wie sie wollen. Und das ist nicht in Ordnung. Hörst du mich? Nicht. In. Ordnung.«

»Äh, Anika, kann ich kurz mit dir reden?« Sie wirbelte herum, um den Marktleiter Darryl zu sehen, der am Ende ihrer Kasse stand.

»Oh scheiße«, murmelte sie.

»Es ist okay, wir kennen einander«, erklärte Dominick ihrem Chef.

»Eigentlich ist es das nicht«, erwiderte Darryl nachdrücklich. Er hatte die Highschool erst vor wenigen Jahren beendet und versuchte angestrengt, sich nicht von dem großen Kerl einschüchtern zu lassen, den er konfrontierte.

»Und ich sage, dass es das ist. Ich habe etwas Unhöfliches zu ihr gesagt, und sie hat mich dafür zu Recht zur Rede gestellt.« Dominick ragte über dem Kerl auf. »Also wagen Sie es nicht, sie zu feuern.«

Darryl grinste beinahe, bevor er sich fing. »Ich feuere sie nicht, Sir. Ich wollte sie aus einer unsicheren Situation herausholen, das heißt weg von Ihnen.«

Dominicks Augen wurden groß. »Ich bedrohe sie nicht.«

»Sie verhalten sich einer Angestellten gegenüber respektlos, und das erlauben wir nicht. Bitte gehen Sie.«

»Das werde ich tun, sobald ich für meine Lebensmittel bezahlt habe«, gab Dominick zurück.

»Sofort.« Darryl mochte vielleicht winzige Eier haben, aber sie waren voller Tapferkeit.

»Ich kann jetzt nicht gehen. Meine Mutter braucht diesen Mist.« Dominick holte seine Kreditkarte hervor. »Ich schwöre, dass ich mich benehmen werde.«

»Es ist okay, Darryl. Lass den Kerl seinen Kuchen kaufen«, warf Anika ein.

Wo ihr Chef vermutlich darauf bestanden hätte, scannte Anika weiter die Waren und schloss Dominicks Einkauf ab. »Das macht zweihundertzweiundzwanzig Dollar und vierundachtzig Cent.«

Er blinzelte. »Für Kuchen?«

»Was hast du erwartet?«

»Ich weiß nicht. Bis vor Kurzem habe ich in Kantinen oder Restaurants gegessen. Zu Hause erscheint Essen für gewöhnlich einfach auf dem Teller.«

Sie verdrehte die Augen. »Verwöhnt.«

»Ich weiß nicht, ob ich das sagen würde. Ich habe sechs Monate in der Wüste verbracht, dort die Feuchtigkeit aus Pflanzen gesaugt und die Nagetiere und Insekten gegessen, die ich fangen konnte.«

»Warum?« Sie konnte nicht umhin, damit herauszuplatzen.

»Meine Mission wurde auf Eis gelegt. Es hat ein wenig gedauert, mich herauszuholen.«

»Ich meinte, warum im Militär dienen, wenn es so schrecklich ist?«, fragte sie, als der Kassenbon ausgespuckt wurde, nachdem seine Kreditkarte funktioniert hatte.

»Weil ich gut darin war.«

»War? Bist du aus dem Dienst ausgeschieden?«

»Ja.«

»Also bist du zu Besuch hier?« Sie hätte nicht sagen können, warum sie das fragte – als würde es sie interessieren, was dieses Arschloch machte.

»Ich bin mir noch nicht sicher, wie mein Plan aussieht. Ich gewöhne mich immer noch an das Zivilleben.«

Anstatt zu schnauben und ihm zu sagen, dass er wesentlich mehr und härter daran arbeiten musste, sagte sie: »Viel Glück dabei. Einen schönen Tag noch.« Sie wandte sich von ihm ab und begann, ihren nächsten Kunden zu begrüßen, aber er rührte sich nicht von der Stelle.

»Hey, ich nehme nicht an, dass du irgendwann gern mit mir Essen gehen oder einen Kaffee trinken möchtest?«

Sie lachte so sehr, dass sie prustete.

»Ist das ein Nein?«, fragte er.

»Es ist ein Niemals.« Denn sie musste nun wirklich nicht mit irgendeinem Kerl ausgehen, der dachte, Frauen sollten dienen. Das hatte sie einmal getan und war vor dem Scheidungsrichter gelandet, wo ihr alles, einschließlich des Hundes, weggenommen wurde. So unfair, wenn man bedachte, dass Thomas ein paar Monate nach Beginn ihrer Ehe die Arbeit niedergelegt hatte. Alles, was sie gehabt hatten, war ihretwegen gewesen, aber das Gesetz gab ihm die Hälfte. Außerdem musste sie die Anwaltskosten zahlen, womit ihr letzten Endes nichts blieb. Nicht einmal die Fähigkeit, in ihrem Berufszweig zu arbeiten, da der Mistkerl eine unwahre Beschwerde eingereicht und sie ihre Lizenz als Zahnhygienikerin verloren hatte.

Jetzt arbeitete sie in einem Lebensmittelladen, wohnte in einer beschissenen Wohnung mit Möbeln aus zweiter Hand, hatte seit zwei Jahren keine Verabredung mehr gehabt und ihr Vibrator war durch Übernutzung kaputt gegangen, und sie konnte es sich nicht leisten, ihn zu ersetzen.

Vielleicht hätte sie mit Dominick nicht so voreilig sein sollen.

Gab es nicht irgendeinen Fetisch, bei dem der Mund des Mannes mit Klebeband zugeklebt war? Wenn er nicht redete, könnte sie ihn einfach für Sex benutzen.

Ha.

Allein die Vorstellung.

Sie mochte viele Dinge sein, aber ein Mädchen, das aus Begierde mit vielen Männern schlief, war sie nicht. Sie mochte sich einmal die Finger verbrannt haben, aber sie glaubte immer noch an die Liebe.

Und sie hatte sich selbst versprochen, immer Respekt zu verlangen.

KAPITEL DREI

Das lief nicht gut.

Während er die Einkaufskisten in den Minivan lud, dachte Dominick über die vielen Arten nach, auf welche die Unterhaltung mit Anika falsch gelaufen war.

So falsch. Kein Wunder, dass sie ihn zurückgewiesen hatte.

Zu seiner Verteidigung, sie verwirrte seinen Verstand.

Es stellte sich als Schlag in die Magengrube heraus, Anika zu treffen. Zum einen war sie so attraktiv wie eh und je mit ihrer kurvigen Figur. Während andere ihre Frauen dünn mochten, hatte Dominick sich schon immer zu kräftigeren Mädchen hingezogen gefühlt. Von der Art, die mit einem großen Kerl wie ihm umgehen konnten. Etwas, das er anpacken konnte.

Die zweite Sache, die ihn verwirrte, war, wie stark ihn die Begierde bei ihrem Anblick traf. Dann lag die Schuld eben bei dem Blut, das sein Gehirn verließ und zu seinem Schwanz floss, was zu dem äußert dämlichen Mist führte, den er zu ihr gesagt hatte.

Aber sie trug einen Teil der Schuld. Obwohl er nett gewesen war, hatte sie sich von Anfang an hochnäsig verhalten. Als wäre sie besser als er.

Ihr Pech. Es gab viele andere Frauen da draußen, die nichts gegen einen Ex-Soldaten mit ansehnlicher Pension hätten. Sobald er einen Job fand, hätte er noch mehr zu bieten.

Als er zu Hause ankam, begann Dominick, seine Einkäufe auszuladen. Während er alles hineinbrachte, traf er auf seinen kleinen Bruder Tyson, dessen Augen groß wurden.

»Was hast du getan?«, hauchte der Junge. Er hatte sich dazu entschieden, sein drahtiges Haar an den Seiten kurz zu rasieren, es auf dem Oberkopf aber voll und toupiert zu tragen.

»Ich habe Lebensmittel gekauft, wie Mom es wollte.«

Tyson zeigte auf die Schachteln, die aus einer Einkaufskiste herauslugten. »Das ist Junkfood.«

»Ich weiß. Ich habe es gekauft.«

»Aber Nana sagt, das dürfen wir nicht essen.« Tyson schüttelte den Kopf. Der Junge hatte entschieden, dass er ab Eintritt in seine Teenagerjahre zu erwachsen war, um sie *Mom* zu nennen.

»Es ist nicht anders als die Kuchen und Kekse, die sie backt. Das wird ihr ein wenig Arbeit ersparen.« Und ihn davor bewahren, geschlagen zu werden, wenn der Hunger kam.

Tyson trat zurück. »Sie wird dich umbringen.«

Tatsächlich tat sie Schlimmeres als das. Mom sah die Sachen, als er sie in die Speisekammer brachte.

Ihre Lippen zitterten und sie heulte: »Sind meine Backkünste so schlecht?«

Dominick schüttelte eine Schachtel vor ihrem Gesicht. »Du weißt, dass ich dein Zeug liebe. Aber du solltest es eigentlich ruhig angehen.« Er zeigte auf ihr Bein. »Setz dich. Entspann dich. Ich habe die Sache mit dem Nachtisch im Griff.«

Seine Mutter erschauderte. »Das ist kein Nachtisch. Das ist verarbeitetes Gift. Hast du so etwas gegessen, während du nicht zu Hause warst?«

»Vielleicht«, wich er aus.

»Ich gebe mir die Schuld. Ich muss irgendwo mit dir einen Fehler gemacht haben.« Wenn nötig, konnte sie dramatisch sein.

»Du hast mich genau richtig großgezogen.«

»Habe ich das? Denn du bist der Älteste und noch immer nicht verheiratet.« Sie beäugte ihn.

»Ich hatte keine Zeit, um auf Verabredungen zu gehen.«

»Das war vorher. Jetzt bist du nicht mehr beim Militär. Also, wie sieht dein Plan aus?«

Er blinzelte. »Ich brauche einen Plan?«

»Du wirst nicht jünger, Dom.« Sie tätschelte seine Wange.

»Ich bin erst siebenunddreißig.«

»Erst? Wenn du mit Kleinkindern mithalten können willst, dann machst du dich besser daran, einen Erben zu zeugen.«

»Warum gehst du mir auf die Nerven? Ich bin gerade erst nach Hause gekommen. Geh Stefan oder Raymond auf die Nerven. Was ist mit Pammy?« Er konnte seiner Mutter nicht erklären, wie besorgt er war, dass sich sein Zorn verschlimmern würde. Man betrachte nur seine Reaktion heute mit Anika. Er würde lieber sterben, als ein Kind zu verletzen.

»Lenk nicht ab. Es ist an der Zeit, dass du sesshaft wirst. Was der Grund ist, warum ich jemanden zum Abendessen eingeladen habe. Sie ist sehr nett. Ein paar Jahre jünger als du. Gesund.«

»Sie klingt wie eine Zuchtstute.«

»Es ist nichts falsch daran, eine gesunde Partnerin zu wählen, die deine Babys austrägt.«

Dominick stöhnte. »Musst du das Wort *Babys* sagen?«

»Ja, weil mir irgendjemand welche bescheren muss!« Sie warf die Arme in die Luft und stolzierte davon. Er konnte nicht umhin, ihr zu folgen, wobei er die Folie von einer Süßigkeit schälte.

Sie wirbelte herum und erschauderte sichtbar bei seinem Anblick. »Müll. Igitt.«

Der schlimmste Teil? Er stimmte ihr zu. Ihre Kuchen und Glasuren waren wesentlich besser.

»Wer ist diese Frau, die mich mit ihren Genen begeistern wird?«, fragte er und lehnte sich an die Anrichte, während Mom den Ofen öffnete, um die Hähnchen zu bestreichen.

»Du wirst schon sehen.«

Das tat er. Eine reizende Frau, einunddreißig, nie verheiratet, aber jahrelang in einer ernsthaften Beziehung gewesen. Sie hatte hervorragende Manieren. Ein leises Lachen. Hübsche Haare. Und eine schlanke Figur.

Zu schlank.

Er konnte nicht umhin, an Anika zu denken.

»Denkst du schon wieder ans Essen?«, fragte seine Mutter, als die Auserwählte auf die Toilette ging.

»Nicht wirklich.« Allerdings würde er Anika, ohne zu zögern, vernaschen, wenn sie ihm die Erlaubnis gab.

Nach einem guten Nachtisch, bei dem die Auserwählte mit ihrer langweiligen Art beeindruckte, brachte er sie schließlich zur Tür und seufzte, als er sie hinter ihr schloss.

Seine Mutter funkelte ihn an. »Was war mit Veronica nicht in Ordnung?«

»Absolut nichts.«

»Warum magst du sie dann nicht?«

»Sie ist nicht die Richtige.«

»Sag mir nicht, dass du plötzlich an die Liebe glaubst«, schnaubte Mom.

»Willst du wirklich, dass ich ein Baby mit einer Fremden oder jemandem zeuge, zu dem ich keinen Draht bekomme?«

Sie schürzte die Lippen. »Du hattest siebenunddreißig Jahre, um einen Draht zu finden. Jetzt bin ich an der Reihe.«

Er seufzte. »Es ist nicht so einfach.«

»Sagst du.«

Sie verstand den Aufruhr in ihm nicht. Konnte er das wirklich jemandem aufbürden?

»Ich muss einen Spaziergang machen und dieses vorzügliche Abendessen abarbeiten.« Er tätschelte seinen Bauch. Hart. Nicht fett. Dennoch konnte er nicht vergessen, was Anika angedeutet hatte. »Wirke ich auf dich pummelig?«

Das Prusten, das seiner Mutter entwich, fungierte als Antwort. Er ging trotzdem joggen und lief weit genug, um an dem Lebensmittelladen vorbeizukommen, der mit einer einzigen Kassiererin darin immer noch geöffnet war.

Anika.

Sie arbeitete spät.

Er hatte geplant, noch ein paar Kilometer abzureißen, bevor er nach Hause zurückkehrte. Stattdessen drehte er um und kam zurück, wo er auf der Stelle auf den Fersen federte, als er auf einer Höhe mit dem Geschäft war. Er kam gerade rechtzeitig, um Anika zu sehen, die zu einem einsamen Fahrzeug am hinteren Ende des Parkplatzes ging.

Sie hatte den Kopf eingezogen und die Hände in die Taschen geschoben, sich ihrer Umgebung scheinbar nicht bewusst, weshalb sie die Gruppe von Jungs nicht bemerkte, die auf sie zukam.

Oder tat sie es doch? Er bemerkte, wie sie sich versteifte, und sie wirbelte herum, bevor sie nahe genug kommen konnten, um sie zu packen.

»Ich habe nichts«, verkündete sie präventiv. »Es sei denn, ihr wollt eine Schrottlaube, die nur die Hälfte der Zeit anspringt.«

Die Schlägertypen verteilten sich und der Kerl

mit der Lederjacke beschwatzte sie. »Behalte deine rostige Karre. Ich bin mehr an deinem Mund interessiert, Schlampe.«

Einer seiner Kumpel lachte schallend, während sich der Dritte in den Schritt griff und mit den Hüften nach vorn stieß.

Primitive Mistkerle.

Dominick hatte genug gesehen. Er begann, auf die Gruppe zuzugehen, während Anika den Kerlen entgegentrat.

»Hey, Arschlöcher, hat euer Vater euch nicht beigebracht, eine Dame zu respektieren?«, rief Dominick laut genug, damit sie es hören konnten.

Zwei von ihnen drehten sich um. Der mit einem Tattoo über der Augenbraue spottete: »Kümmere dich um deine verdammten Angelegenheiten.«

»Sie ist meine Angelegenheit.« Er blieb stehen und hakte seine Daumen in die Gürtelschlaufen seiner Hose ein.

»Ich brauche deine Hilfe nicht«, murmelte Anika.

»Du hast die Schlampe gehört. Sie braucht – argh!«

Als er das Wort *Schlampe* hörte, setzte Dominick sich in Bewegung und nahm den tätowierten Kerl in den Schwitzkasten, während er knurrte:

»Bezeichne sie nicht als Schlampe. Sie ist eine Dame, du verdammter Punk.«

Tattoos Freunde brauchten eine Sekunde, um aus ihrer Schockstarre zu erwachen und anzugreifen. Mit einem Arm um Tattoos Hals gelegt nutzte Dom seine andere Hand, um eine ausholende Faust abzufangen. Er drückte sie und der Kerl schrie, als etwas knackte. Der dritte Kerl trat ihn.

Ans Schienbein.

»Aua?«, spottete Dominick mit hochgezogener Augenbraue. Er warf Tattoo auf den Treter, und sie beide stolperten und fielen zu Boden.

Dominick drehte sich zu dem Typen mit den gebrochenen Fingern um und fragte: »Bist du fertig?«

Scheinbar waren alle drei fertig, denn sie hievten sich vom Asphalt hoch und liefen weg.

Als er sich zu Anika umdrehte, erwartete Dominick Dankbarkeit. Vielleicht ein wenig Bewunderung. Möglicherweise ein wenig Nachsicht mit ihm – endlich.

Aber nein.

Sie funkelte ihn mit zusammengepressten Lippen an. »Was zur Hölle sollte dieser Macho-Mist?«

»Gern geschehen.«

»Ich hatte die Situation unter Kontrolle.«

Das ließ ihm ein abfälliges Geräusch über die Lippen kommen. »Wie kommst du darauf? Kannst du nicht zählen? Denn ich habe gezählt. Es waren drei gegen dich allein.«

»Ich kann mich selbst schützen.«

»Kannst du das?« Aus irgendeinem Grund nervte ihn ihre sture Weigerung, Dankbarkeit zu zeigen. Er kam ihr nahe und während die meisten Frauen zurückwichen, wenn er über ihnen aufragte, neigte Anika ihr Kinn, um ihm in die Augen zu sehen.

»Du musst für mich nicht den Retter spielen.«

»Würde es dich umbringen, Danke zu sagen?«

»Danke.«

Es klang ungefähr so aufrichtig wie seine Entschuldigung an diesem Nachmittag. Aus irgendeinem Grund seufzte er. »Wie kommt es, dass ich niemals das Richtige sage, wenn ich in deiner Nähe bin?«

»Weil du ein Arsch bist?«, erwiderte sie.

»Für gewöhnlich nicht.«

»Was bedeutet, dass mit mir etwas nicht stimmt.« Sie schnaubte. »Dein Ego ist so riesig, ich bin überrascht, dass du es mit dir herumtragen kannst.«

»Warum hasst du mich so sehr?«

»Ich hasse dich nicht.«

Er lachte mit einem Anflug von Reue. »Doch, das tust du.«

»Ich nehme an, du bist einfach nicht mein Ding.« Einer der nervigsten Ausdrücke dieses Jahrzehnts, und sie benutzte ihn bei ihm.

Es konnte nur eine Sache bedeuten. Seine Lippen wurden rund, als er ausatmete. »Du bist lesbisch.«

Er sah die Faust nicht kommen, die ihn k. o. schlug.

KAPITEL VIER

»Scheisse! Du hast mir die Nase gebrochen.« Er stöhnte.

Anika fühlte sich überhaupt nicht schlecht, auch wenn sie nicht glauben konnte, dass sie getroffen hatte.

Sie entschuldigte sich nicht.

Während Dominick blinzelnd und mit blutender Nase auf dem Boden lag, stand sie über ihm und fauchte: »Ich mag dich nicht, weil du ein arrogantes Arschloch bist. Und zu deiner Information, ich stehe auf Männer. Nette Männer. Nicht auf Mistkerle, die denken, sie seien Gottes Geschenk an die Frauen.«

Damit trat sie über ihn hinweg und stieg in ihren Wagen. Sie begann wegzufahren und kam an ihm vorbei, wie er diagonal über den Parkplatz ging, die Hand immer noch an seiner Nase. Sie bog auf die Straße und sah ihn weiter, wie er sich blutend zu Fuß fortbewegte.

Verdammt.

Verdammt noch mal.

Verdammt!

Sie wendete und fuhr neben ihn, bevor sie das Fenster herunterließ. »Kommst du klar?«

»Irgendwann.«

Da sie für gewöhnlich keine gewalttätige Person, dafür aber sehr kanadisch war, konnte sie nicht umhin zu sagen: »Es tut mir leid, dass ich dir die Nase gebrochen habe.«

»Nein, das tut es dir nicht.« Zu ihrer Überraschung ertönte die Aussage laut, aber nicht wütend. Dominicks säuerlicher Gesichtsausdruck traf auf ihren, als er sich ein wenig duckte, um in den Wagen zu spähen.

»Okay, es tut mir nicht leid. Du hast darum gebeten. Ernsthaft, wer zum Teufel bezeichnet jemanden als lesbisch, nur weil diejenige nicht interessiert ist?«

»Ein Arschloch. Es tut mir leid. Ich vermute, ich habe meine Manieren verloren, während ich im Busch war.« In seinen Worten war immer noch das Blut in seinem Mund zu hören.

»Wo ist dein Wagen? Kannst du fahren?«

»Kein Wagen. Ich war joggen.«

»Ich fahre dich ins Krankenhaus.«

Er schnaubte und verzog das Gesicht. »Kein Krankenhaus. Aber ich würde eine Fahrt nach Hause annehmen.«

»Wo wohnst du?«

Als er die Straße nannte, gingen ihre Augenbrauen in die Höhe. Er wohnte mehr als zehn Kilometer vom Laden entfernt. »Das scheint mir eine lange Joggingrunde zu sein«, bemerkte sie, als sie auf das Gaspedal trat, um noch über eine Ampel zu kommen.

»Nicht wirklich. Für gewöhnlich jogge ich weiter.«

»Jeden Tag?«

»Wann immer ich kann, seit ich nach Hause gekommen bin. Mom sagt, ich hätte durch meine Langeweile zu viel Energie.«

»Muss schön sein, die Zeit zu haben«, murmelte sie.

Er hörte es. »Ich bin nicht daran gewöhnt. Beim Militär war ich, wenn ich mich nicht auf einen Drill vorbereitet habe, auf einer Mission oder in einer Einsatznachbesprechung. Meine Tage hatten Struktur.«

»Und das gefiel dir?« Sie rümpfte die Nase. Sie würde es hassen, wenn ihr jemand sagte, was sie zu tun hatte.

»Es ist einfach, Befehlen zu folgen.«

»Ich bin mir sicher, dass du, wo auch immer du Arbeit findest, viel davon bekommen wirst, um dich glücklich zu machen.« Sie hätte nicht sagen können, warum sie nett war. Er verdiente es nicht.

Er war ein Veteran.

Verdammt. Sie wollte nicht nachsichtig mit ihm sein, aber sie musste anerkennen, dass er ein gänzlich anderes Leben als sie geführt hatte. Ein härteres Dasein. Aber das bedeutete nicht, dass sie ihm eine Freikarte geben würde.

»Ich nehme an, jetzt, wo meine Karriere zu Ende ist, muss ich mir meinen nächsten Job überlegen.« Ausdruckslos.

»Willst du einen?«, fragte sie. »Ich meine, das habe ich irgendwie vorausgesetzt.« Vielleicht konnte er nicht arbeiten. Sie wusste nicht, ob er den Dienst aus medizinischen Gründen verlassen hatte. Sie würde nur ungern denken, dass er einfach faul war und auf Staatskosten leben wollte.

»Natürlich will ich arbeiten!«, platzte er hervor. »Aber ich habe außerhalb des Militärs keine Fähigkeiten. Ich fühle mich so verdammt nutzlos. Und jetzt klinge ich wie ein Weichei, weil ich es zugebe. Meine Güte. Warum kann ich bei dir nicht den

Mund halten?« Er sah aus dem Seitenfenster, als sie in seine Straße bog.

»Hast du mit jemandem darüber gesprochen, wie du dich seit deinem Ausstieg fühlst?«

»Ich will keinen Seelenklempner«, knurrte er. Die Vokale waren tief und vibrierten.

»Ach so, tut mir leid«, sagte sie übertrieben genervt. »Ich wusste nicht, dass es so verdammt beschämend ist.« Sie war nach der Scheidung eine Weile zu einem Psychiater gegangen, bis sie CBD-Öl entdeckt hatte. Adieu, Stress.

»Es ist nur ... ein Seelenklempner kann nicht in Ordnung bringen, was mit mir nicht stimmt, weil es nicht nur in meinem Kopf ist.«

»Bist du verletzt?«, fragte sie.

»Nicht wirklich. In mir stimmt etwas nicht, und niemand kann die Ursache finden.«

»Gib nicht auf«, riet sie ihm, als sie in eine Auffahrt bog, die ausgerechnet zu einer Farm führte. Der riesige Kiesweg war ein paar hundert Meter lang und öffnete sich zu einem großen Gelände vor einem mit weißem Holz verkleideten Farmhaus, das von der Art war, an das über die Jahre angebaut worden war und das seltsame Winkel hatte, zusammen mit einer umlaufenden Veranda.

Als sie vorfuhr, murmelte Dominick: »Danke.«

»Ich hoffe, du kriegst deinen Scheiß geregelt«, erwiderte sie.

»Ich auch.« Er schenkte ihr ein schiefes Grinsen, das erste, das sie von ihm gesehen hatte, und die Verwandlung traf sie in die Magengrube.

»Brauchst du Hilfe beim Reingehen?«, fragte sie, als er am Griff zog, um die Tür zu öffnen.

Er lachte. »Nein. Ich bin bereits genug entmannt, wenn ich mir den Spott vorstelle, den ich von meinen Brüdern einstecken muss, sobald sie herausfinden, dass du mich geschlagen hast.«

»Du wirst nicht lügen und behaupten, es war diese Gang?«

»Die Familie lügt sich nicht an. Und sie lässt dich auch nie etwas vergessen.« Mit einem leidgeprüften Seufzen stieg Dominick aus dem Fahrzeug. Jemand, der an einem Pfosten lehnte, stieß sich ab und fragte gedehnt: »Was zum Teufel ist mit dir passiert?«

»Sie ist passiert.« Dominick zeigte in ihre Richtung.

»Du wurdest von einem Mädchen geschlagen?« Das Gelächter war so schallend, dass es eine ältere Frau nach draußen lockte. Sie umklammerte einen Gehstock, als sie auf die Veranda trat.

»Dommy! Was ist mit deinem Gesicht passiert?«

»Es ist okay, Mom. Mir wurden nur ein paar Manieren beigebracht.«

»Von wem?«, schnaubte seine Mutter.

Zeit zu gehen. Nur müsste er dazu noch die Tür der Beifahrerseite schließen. Anika lehnte sich rüber, um die Armlehne zu greifen, aber es mangelte ihr an der Armlänge, um sie zu erreichen.

»Hey. Würde es dir etwas ausmachen, die Tür zu schließen?«, flüsterte Anika ihm zu.

Bevor er sich bewegen konnte, rief seine Mutter: »Hast du dich für die Fahrt nach Hause bedankt?«

Dominicks Blick traf auf ihren und seine Augen wurden für eine Sekunde größer, bevor sich seine Augenlider ein Stück senkten. »Danke fürs Mitnehmen.«

»Lade sie ins Haus ein.«

»Ich glaube nicht, dass Anika bleiben will.«

»Du hast nicht einmal gefragt.«

Die Diskussion erinnerte sie an einen Horrorfilm.

Ich bin dieses dumme Mädchen.

Erst in dieser Sekunde kam ihr in den Sinn, dass es vielleicht ein Fehler gewesen war, zu seinem Haus zu kommen. Sie hatte nur daran gedacht, das Richtige zu tun. Und doch hatte sie einen unhöflichen und wütenden Ex-Soldaten allein in ihrem Wagen an einen abgelegenen Ort gebracht.

Sie hätte jemandem schreiben sollen. Ein Foto von ihm machen. Irgendetwas. Was, wenn seine Familie aus Kannibalen bestand?

»Mom, sie will nicht bleiben. Was denkst du, wer mich geschlagen hat?«

Dominick schlug die Tür zu und sie atmete aus, als sie sich aufsetzte und den Fuß auf die Bremse stellte. Sie schaltete und wollte gerade auf das Gaspedal treten, als sie eine junge Frau bemerkte, die vor ihrem Wagen stand. Ihr violettes Haar war kurz geschnitten. Sie funkelte Anika an, die Arme vor der Brust verschränkt, und ließ sie offensichtlich nicht wegfahren.

Schließlich sammelte Anika sich, holte ihr Handy heraus und machte ein Foto, das direkt in den sozialen Medien landete, zusammen mit ihrem Standort. Sollte sie verschwinden, würden ihre Freunde wissen, wo sie mit der Suche beginnen sollten.

Dann stieg Anika aus dem Wagen. »Gibt es einen Grund, warum du mich nicht wegfahren lässt?«

»Du hast meinen Bruder geschlagen.«

»Er hatte es verdient.« Die Wahrheit.

Das Mädchen fauchte: »Er ist ein Veteran. Er hat bereits genug durchgemacht.«

»Er war ein Arschloch, das nach Hause hätte laufen sollen. Aber ich war nett.«

»Lass sie in Ruhe.« Alle Blicke landeten auf Dominick, der unbeholfen sein Gewicht verlagerte. »Äh. Ähm. Es war nur ein Missverständnis.«

Während er herumdruckste, konnte Anika es nicht ertragen.

Sie stieß einen Finger in seine Richtung. »Wage es nicht zu versuchen, das zu bagatellisieren, was du getan hast. Er hat mich als lesbisch bezeichnet, nur weil ich ihn nicht ranlassen wollte. Also habe ich ihn geschlagen.«

Wenn sie erwartet hatte, dass seine Familie wütend wäre, dann lag sie falsch. Der bärtige Kerl auf der Veranda lachte, während das Mädchen mit dem violetten Haar nickte. »Gut für dich. Ich hätte ihm auch eine verpasst.«

Die alte Dame hingegen beäugte sie von oben bis unten und fragte: »Magst du Kekse?«

Bevor Anika antworten konnte, übernahm das Mädchen für sie. »Du wirst es bereuen, wenn du Nein sagst. Nana Hubbard ist die beste Köchin, die du je treffen wirst.«

»Ich kann nicht. Ich sollte nach Hause fahren.«

»Ehemann? Kinder? Haustiere?« Mrs. Hubbard feuerte ihr die Fragen entgegen.

»Nichts davon. Es war ein langer Tag. Ich habe eine Zwölfstundenschicht gearbeitet.«

Mrs. Hubbards Gesicht strahlte. »Ein hart arbeitendes Mädchen wie du braucht etwas zu essen. Komm. Ich habe etwas.«

Dominick erschien überrascht, was ihr Unwohlsein nicht milderte. »Ich sollte nicht.«

Es war das Mädchen mit den violetten Haaren, das es laut aussprach. »Ich schwöre, wir planen nicht, dich zu zerstückeln und als Nahrung einzufrieren oder dich in eine Zuchtstute zu verwandeln, um eine Hinterwäldlerarmee zu gründen.«

So viel zum Thema Gedanken lesen. »Ist das nicht genau das, was eine mordende Hinterwäldlertochter sagen würde?« Sie hatte noch nicht ihre Wagentür geschlossen. Sie konnte immer noch reinspringen und Leute überfahren.

»Mein Gott. Sie will gehen. Lasst sie gehen. Ich kann nicht glauben, dass du ihr etwas zu essen anbietest. Ich bin hier der Verletzte«, schmollte Dominick.

»Du hast sie respektlos behandelt«, schalt Mrs. Hubbard, woraufhin er den Kopf hängen ließ.

»Es tut mir leid.«

»Entschuldige dich nicht bei mir. Sie ist diejenige, die es braucht.« Seine Mutter zeigte auf Anika.

Anika hob die Hände. »Es ist in Ordnung. Was auch immer. Ich bin mir sicher, er hat seine Lektion gelernt.«

»Ich kann nicht glauben, dass sich einer meiner Söhne so verhalten würde«, verkündete Mrs. Hubbard, woraufhin er noch weiter in sich zusammensackte.

Er tat Anika fast leid. »Das Militär verändert die Menschen, wie ich höre.«

Seine Mutter schnaubte. »Du bist zu höflich. Was der Grund ist, warum ich ein Nein als Antwort nicht akzeptieren werde. Du kommst auf einen Snack herein.«

Die Frau bestand darauf und Anika wusste, dass sie es nicht tun sollte, aber dennoch setzten sich ihre Füße, angetrieben von Neugier, in Bewegung.

»Lass sie nach Hause fahren. Sie will nicht hier sein«, protestierte Dominick.

»Das Mädchen braucht etwas zu essen, und ich brauche jemanden, der abwäscht.«

»Du hast eine Spülmaschine«, merkte er an.

»Nicht gut genug. Ich will handgespültes Geschirr. Und auch von Hand abgetrocknet«, erwiderte Nana, während sie ins Haus marschierte.

»Ignoriere sie. Ich bin Maeve.« Anika wurde von dem Mädchen mit den violetten Haaren, das sich bei ihr einhakte, zu der Verandatreppe geführt.

Anika zögerte an der ersten Stufe.

»Es ist okay. Du wirst nicht sterben. Versprochen.« Maeve trieb sie nach vorn. »Willkommen im Wahnsinn. Wie gesagt, ich bin Maeve, Doms Schwester. Du hast Mom – Nana – kennengelernt, und der Kerl da hinten ist mein anderer Bruder Stefan. Und du bist?«

Ernsthaft verwirrt.

KAPITEL FÜNF

Was für ein Chaos. Und Dominick sprach nicht von seiner Nase.

Seine Emotionen gingen auf und ab. Wütend. Ungläubig. Verletzt. Erregt. Und all das wegen Anika, die jetzt in seinem Haus war, was Kekse oder Kuchen bedeutete. Vielleicht sogar Moms besondere heiße Schokolade.

Die Gedanken an einen leckeren Snack übertönten die Alarmglocken, bis es zu spät war. Als die Tür zuschlug und Anika auf einem Stuhl in der Küche saß, hatte er sein Zeitfenster verpasst, sie wegzuschicken.

Panik ließ sein Herz stehen bleiben, als seine Mutter sich mit entschlossenem Gesichtsausdruck auf Anika stürzte.

»Wie ist dein Name?«, fragte Mom, während sie

einen Teller vor Anika abstellte, dessen Oberfläche mit Scheiben von Rinderbraten, einem Stück Schinken, Kirschtomaten und Käse bedeckt war.

»Anika.«

Es sah lecker aus. Als er sich ihnen anschließen wollte, warf seine Mutter ihm einen Blick zu. »Mach dich erst sauber. Das hier ist kein Boxring.«

Er führte die schnellste Gesichtswäsche und den rasantesten Kleidungswechsel durch, den die Welt je gesehen hatte, und in weniger als einer Minute lief er wieder die Treppe hinunter, nur um an deren Fuß auf seinen Bruder Stefan zu treffen.

Stefan hing am Treppenpfosten, während er gedehnt sagte: »Wann willst du Unterricht darüber, was man *nicht* zu einer Frau sagt?«

»Fick dich.«

»Du musst nicht wütend auf mich sein. Ich bin nicht derjenige, der Frauen Lesben nennt, weil ihnen meine Höhlenmensch-Taktiken nicht gefallen.«

»Noch mal, fick dich.« Dominick hatte es nicht nötig, dass ihm sein weltgewandter Bruder seinen Fehlschlag unter die Nase rieb. Er hatte nicht den Großteil seines Erwachsenenlebens wie Stefan damit verbracht, Frauen nachzujagen. Er hatte seinem Land gedient. Er hatte keine Zeit zum Flirten und Umgarnen. Sex drehte sich überwiegend um die

Erfüllung eines Bedürfnisses, und diese Frauen erwarteten und brauchten kein Süßholzgeraspel.

»Du bekommst bessere Ergebnisse, wenn du jemanden fickst«, kam die neckende Antwort, »aber das wird nur passieren, wenn du lernst, dein Temperament zu kontrollieren, Bruder. Du bist wie ein Pulverfass, immer bereit zur Explosion.«

Er fühlte es auch. Selbst jetzt brodelte der Zorn, genau wie der Drang, zu Anika zurückzukommen. Was hatte seine Mutter bisher bereits zu ihr gesagt? Was aß sie? Würde sie es teilen?

»Ich brauche deinen Rat nicht.«

»Wenn du das sagst, Bruder. Aber wenn du es dir anders überlegst, du kennst meine Adresse.«

Sein Casanova von Bruder hatte eine Eigentumswohnung in der Innenstadt Ottawas, aber er besuchte das Farmhaus regelmäßig.

Dominick schoss an ihm vorbei und kam gerade rechtzeitig in die Küche, um Anikas Gesicht zu sehen, als sie ihren ersten Bissen von Moms berühmtem Blätterteig nahm, gefüllt mit selbstgemachter Kirschmarmelade und frischer Schlagsahne.

Pure Verzückung erfüllte Anikas Ausdruck. Er kam stolpernd zum Stehen und starrte, während sie mit offensichtlichem Genuss kaute. Dann leckte sie sich die Lippen. Verfehlte einen Krümel, der köstlich aussah –

Seine Mutter stieß ihn mit der Hüfte an, als sie vorbeiging, wobei sie immer noch mit Anika redete. »Sag mir, Anika, wo wohnst du?«

»Beckwith.«

»Aber du arbeitest bei …« Seine Mutter hatte das Talent zu Befragungen, die Ergebnisse brachten.

»Bei *The Food Basics* in Richmond.« Ein Neubau, der nicht existiert hatte, als er das letzte Mal ein paar Wochen zu Hause verbracht hatte.

»Hast du Familie in der Gegend?«

Anika schüttelte den Kopf. »Meine Eltern leben, aber ich sehe sie nicht oft, da sie nach Florida gezogen sind. Wenn sie nicht dort sind, neigen sie dazu, bei meiner Schwester in British Columbia unterzukommen.«

»Was stimmt nicht damit, dich hier zu besuchen?«, fragte Dominick, der den Schlagabtausch beendete und ihren Blick auf sich zog.

Sie zog ihre Schultern zurück. »Beschisseneres Wetter, eine Schlafcouch, nur ein Badezimmer und die Tatsache, dass ich eine Enttäuschung für sie bin.«

»Arschlöcher«, sagte er heftig.

Anikas Lippen zuckten. »Ja, das sind sie. Weshalb es kein großer Verlust ist.«

»Scheiß auf sie.«

Mom versetzte Dominick einen Klaps. »Sei nett. Oder sie hat meine Erlaubnis, dich erneut zu schlagen.«

»Aua. Meinetwegen. Ich werde mich benehmen.« Er zog den Kopf ein, vor allem, weil er Anika bei dem Versuch erwischte, ein Lächeln zu verbergen.

Es war das erste, das er ihr hatte entlocken können. Er zog es ihrem Stirnrunzeln vor.

Seine Mutter war beschäftigt, und da sie ihm den Rücken zugekehrt hatte, während sie am Herd war, beugte er sich zu Anika und flüsterte: »Kann ich einen Bissen haben?« Er hatte nicht ein, nicht zwei, sondern *drei* kleine Nachtische auf ihrem Teller entdeckt.

Sie beäugte das Gebäck in ihrer Hand und dann ihn, bevor sie ein freches »Nö« von sich gab. Dann aß sie das ganze Ding und ihr Gesicht tanzte vor Heiterkeit, als er enttäuscht stöhnte.

Seine Mutter erwischte ihn, als sie sich umdrehte. »Klau ihr nicht ihre Süßigkeiten. Du warst ein ungezogener Junge.«

»Du wurdest ausgeschimpft.« Anika kicherte.

Genau der Weg, um ihn weiter zu entmannen.

»Hast du Mom wenigstens erzählt, wie ich dich vor einer Gruppe Schlägertypen gerettet habe?«, versuchte er, sich reinzuwaschen.

»Ich wäre klargekommen.«

»Sie waren zu dritt.« Er merkte das Offensichtliche an.

»Und sie haben sich als Feiglinge entpuppt. Normalerweise verlieren die anderen das Interesse, wenn man den Anführer ausschaltet.«

»Hast du viel Erfahrung mit dem Fertigmachen von Gangs?«, fragte er.

»Ich arbeite ein paar Tage die Woche in der Spätschicht. Denkst du, das war das erste Mal, dass ich ein Problem hatte?« Sie zog eine Augenbraue hoch.

Allein die Vorstellung, dass sie sich bereits hatte selbst verteidigen müssen, passte ihm nicht.

»Dann solltest du einen sichereren Arbeitsplatz finden. Oder Tagschichten verlangen.«

Sie lachte. »Ja, denn ich arbeite nachts im Lebensmittelladen, weil es mein Traum ist. Manche von uns müssen tun, was auch immer nötig ist, um ihre Rechnungen bezahlen zu können. Wir sind nicht in der Lage, die Bedingungen zu diktieren.«

»Dann solltest du jemanden haben, der dich zu deinem Wagen bringt.«

»Ich brauche keinen Mann, der mich beschützt«, kam ihre eisige Antwort.

»Sag es ihm, Schwester!«, war Maeves Ausruf, als sie mit vollen Händen aus der Speisekammer kam.

»Was tust du da?«, fragte er, als seine Schwester einen Haufen seltsames Zeug auf der Anrichte abstellte. Veganes Proteinpulver mit Vanillegeschmack. Walnüsse. Irgendein seltsamer grüner Pulvermist. All das landete in einem Mixer, zusammen mit Eis und Mandelmilch, um Erbrochenes zu produzieren.

Ernsthaft. Widerliches grünes Erbrochenes war, was sie in ihr Glas goss.

»Willst du etwas davon?«, bot Maeve an, woraufhin Anika den Kopf schüttelte und Dominick »Igitt« murmelte.

Was Mom betraf, sie bekreuzigte sich, obwohl sie nicht mal religiös war.

Sie alle sahen mit entsetzter Faszination zu, wie Maeve es an ihre Lippen hielt und trank. Dann warteten sie, um zu sehen, ob es wieder hochkommen würde.

Maeve schluckte und grinste. »So gesund.«

»So ekelhaft.« Stefan wanderte in die Küche und stahl einen Keks, ohne eine Hand zu verlieren.

Dominick konnte nur hoffnungsvoll starren, aber er steckte noch immer in Schwierigkeiten.

»Seid ihr alle miteinander verwandt?«, fragte Anika.

Dominick konnte ihre Verwirrung verstehen, da nicht einer von ihnen wie der andere aussah.

»Ja.«

»Nein.«

Angesichts der widersprüchlichen Antworten von Stefan und Maeve erklärte Mom es. »Alle meine Kinder sind Waisen.«

»Wie viele haben Sie?«, fragte Anika, die als Nächstes einen Brownie aß und deren begeistertes Stöhnen ihm nicht verborgen blieb.

Er merkte, wie ihm schwindelig wurde, als sein Blut gen Süden rauschte.

»Neun. Dommy ist der Älteste.«

»Und wohnt immer noch zu Hause«, murmelte Anika.

»Vorübergehend.« Er verspürte das Bedürfnis aufzubrausen.

Seine Mutter half nicht mit ihrer Zugabe. »Nur bis mein Goldjunge eine gute Frau findet, mit der er sesshaft wird und die ein paar Babys wirft.«

Anika verschluckte sich – und er würde wetten, dass es nicht am Brownie lag.

Er funkelte seine Mutter an. Sie lächelte über Anikas vorgebeugte und hustende Gestalt.

Dominick presste seine Lippen aufeinander und schüttelte den Kopf.

Seine Mutter lachte leise. »Hier. Trink ein wenig heiße Schokolade, Liebes.« Sie drückte Anika eine heiße Tasse mit obenauf schwimmenden Marshmallows und einer Prise Zimt darauf in die Hände.

Der Schaum auf Anikas Oberlippe nach einem Schluck führte beinahe dazu, dass sie auf dem Küchenboden vernascht wurde.

Was zum Teufel war los mit ihm?

Er stand von seinem Platz auf und ging zum Kühlschrank. Würde es irgendjemand für seltsam halten, wenn er für ein paar Minuten den Kopf in das Gefrierfach steckte?

»Haben Sie Enkelkinder?«, fragte Anika, während Dominick so tat, als würde er nach etwas suchen. Er fand das Stieleis, das er vorhin gekauft hatte.

»Noch keine Enkel. Alle sind zu sehr mit ihrer Karriere beschäftigt«, schnaubte seine Mutter. »Obwohl ich hoffe, dass Dom jetzt sesshaft werden wird, wo er nicht mehr damit beschäftigt ist, Kriegsspiele zu spielen.«

»Spielen?« Er prustete und kehrte mit einem Stieleis in jeder Hand aus dem Gefrierschrank zurück. »Friedensmissionen sind nicht Spiel und Spaß.«

»Aber sie halten dich von zu Hause fern.«

»Nicht mehr.« Er war immer noch verbittert darüber. Zum Ausstieg gezwungen, weil sie ihn medizinisch für ungeeignet hielten.

»Also, was wirst du jetzt tun, wo du ausgestiegen bist?« Wenn jemand anderes als Anika gefragt hätte, wäre er vielleicht durchgedreht.

Er zuckte die Achseln. »Ich weiß nicht.«

»Er muss einen Job finden«, war der Rat seiner Mutter.

»Kennst du jemanden, der nach einem Soldaten sucht?«, fragte er halb scherzhaft.

»Das Einzige, wonach unser Laden sucht, ist jemand, der die Regale auffüllt.« Anika rollte ihre Schultern, als sie den letzten Nachtisch aß, eine Schokoladen-Rum-Kugel, gewälzt in Kokosnuss.

Er verzog das Gesicht, vor allem, weil er es hasste, dass sie sich die Lippen leckte. »Regale auffüllen klingt langweilig.« Er sagte beinahe *erniedrigend*, fing sich aber in letzter Sekunde, bevor sie ihn ohrfeigen konnte.

»Langweilig bezahlt die Rechnungen«, war Anikas schnippische Antwort, als sie aufstand. »Danke für das Essen. Es war nett, Sie kennenzulernen.«

Während Anika auf die Haustür zuging, traf ihn Moms Todesblick, und er brauchte keine Worte, um zu wissen, dass er sie nach draußen begleiten sollte. Dominick folgte ihr durch den Flur und stand unbeholfen an der Seite, während Anika ihre Schuhe anzog.

»Danke fürs Mitnehmen.«

Ihre Mundwinkel zuckten. »Wenn man bedenkt, dass ich verköstigt wurde, bin *ich* diejenige, die sich bedanken sollte. Deine Mutter kann gut kochen.«

»Das kann sie allerdings.« Eine sehr dumme Antwort. Und angesichts seines zusätzlichen Unbehagens schob er die Hände in die Hosentaschen.

»Tschüss, Dominick.« Sie ging die Stufen hinunter zu ihrem Wagen und er folgte ihr.

»Ich nehme nicht an, dass du es dir bezüglich des Kaffees anders überlegt hast, jetzt, wo du meine Familie kennst.«

Sie hielt inne, bevor sie in das Fahrzeug stieg. Er erwartete, dass sie Nein sagte. Aber zu seiner Überraschung sagte sie: »Okay.«

Moment, sie sagte *Ja*? Bevor er etwas erwidern konnte – vermutlich eine gute Sache, da er mit großer Wahrscheinlichkeit in ein Fettnäpfchen getreten wäre –, war sie verschwunden. Er blieb zurück und starrte ihr so lange hinterher, dass sein Bruder es bemerkte.

Stefan, mit seinem vorlauten Mundwerk, kam heraus, um zu sagen: »Verdammt, sie ist ein wirklich heißes Teil.«

Buff.

Das Weichei ging zu Mom, um zu jammern. »Dommy hat mir die Nase gebrochen!«

Und er würde sie ihm erneut brechen, wenn Stefan jemals wieder so vor ihm über Anika sprach.

KAPITEL SECHS

In dem Moment, in dem sie einem Kaffee zustimmte, bereute Anika es. Trotz all der Beweise für das Gegenteil entnahm Dominick dem Ganzen vermutlich die Bedeutung, dass sie an ihm interessiert war.

Zu ihrem Ekel war sie das. Irgendwie. Aber überwiegend war es eine Möglichkeit, um aus ihrem Trott herauszukommen. Sie war seit der Scheidung vor zwei Jahren kaum ausgegangen. Männerscheu. Beschäftigt. Verängstigt. Nicht interessiert.

Die meisten Männer bemerkten sie kaum. Aber Dominick? Er nervte sie. Selbst während er etwas ausstrahlte, das in ihr den Wunsch auslöste, ihn zu besteigen wie einen Baum.

Vielleicht hätte sie den tausend Mäusen

zustimmen sollen. Sie hätte das Geld gebrauchen können. Besonders da sie nie vorwärtszukommen schien. Genau wie sie kaum lebte. Arbeit, putzen, schlafen. Das war ihr Leben.

Langweilig.

So verdammt langweilig.

Wann hatte sie das letzte Mal etwas Spaßiges getan? Alle Folgen einer Serie auf Netflix anzusehen zählte nicht.

Warum musste alles so scheiße sein?

Als sie ihre beschissene Wohnung betrat, konnte sie nicht umhin, mit den Zähnen zu knirschen und die Hände zu Fäusten zu ballen. Es war unfair, wie Thomas ihr alles genommen hatte. Wie hatte ein Kerl, der immer eine Ausrede dafür hatte, warum er seinen Job hatte kündigen müssen, einen Richter dazu gebracht, ihm alles zu geben, was er wollte? Alimente eingeschlossen.

Da sie jedoch als Zahnhygienikerin gefeuert worden war – da Thomas eine falsche Beschwerde wegen sexuellen Fehlverhaltens eingereicht hatte –, hatte sie die Alimente widerrufen lassen. Denn ironischerweise verdiente sie nicht länger genug, um sie zu bezahlen.

Was Thomas wütend machte. So sehr, dass er in letzter Zeit vorbeigekommen war, um sie zu schikanieren. Scheinbar war die einstweilige Verfügung nicht das Papier wert, auf dem sie geschrieben stand.

Arschloch. Die schien sie eindeutig anzuziehen, auch wenn sie nicht verstehen konnte, was Dominick in ihr sah.

Ihr mangelte es an der zierlichen oder gertenschlanken Figur, welche die meisten Kerle bevorzugten. Sie trug nicht oft Make-up. Ihr Haar war lang und schlicht und für gewöhnlich aus ihrem Gesicht gebunden.

Während sie ihr Spiegelbild anstarrte, konnte sie nicht umhin zu denken, dass sie aufgegeben hatte.

Nein. Das war nicht wahr.

Sie scherte sich einfach nur keinen feuchten Dreck mehr. Jedenfalls nicht darum, wie sie aussah.

Und trotzdem flirtete Dominick weiter mit ihr, wenn man seine geschmacklosen Versuche denn als Flirten bezeichnen konnte. Seine Rettung?

Seine Familie. Er musste einige ausgleichende Züge haben, wenn man bedachte, dass seine Verwandten ihn immer noch zu mögen schienen. Seine Mutter wirkte nett. Seine Schwester auch. Anika hatte ihn auf der Highschool nicht gut gekannt. Das erste Mal, als sie sich trafen, nachdem sie in die Gegend gezogen war, war er auf dieser Party vulgär gewesen und sie hatte ihn geschlagen. Dann war sie ihm aus Verlegenheit aus dem Weg gegangen.

Fast zwanzig Jahre später war er immer noch vulgär. Aber er entschuldigte sich.

Warum dachte sie immer noch an ihn?

So müde hätte sie auf das Bett fallen sollen. Stattdessen war sie ruhelos, schlug die Bettdecke zurück, zog ihren Slip aus, winkelte die Knie an und spreizte die Beine.

Sie leckte einen Finger, um ihn zu befeuchten, dann ließ sie ihn zwischen ihre Beine gleiten. Eine kleine Berührung ihrer Klitoris und sie zitterte.

Definitiv überfällig.

Mit ihrem feuchten Finger bearbeitete sie ihre Klitoris und glitt vor und zurück. Sie kannte den richtigen Druck. Die richtige Berührung.

Sie hatte die Augen geschlossen, aber zum ersten Mal sah sie ein Gesicht.

Dominicks.

Ihr stockte der Atem, als sie sich vorstellte, wie er sie berührte.

Wäre er ein ruppiger Liebhaber? Oder die Art, die barsch und hart erschien, im Bett aber zärtlich war?

Erregung befeuchtete ihren Schritt, was ihr das Gleitmittel bescherte, welches sie zum Weiterspielen brauchte. Aber heute Abend würden ihre Finger nicht ausreichen.

Sie drehte sich auf die Seite und fand ihren kaputten Vibrator in der Schublade. Er vibrierte nicht, aber er hatte die Länge und Breite, um sie auszufüllen.

Sie fuhr mit der Spitze über ihre Klitoris, bevor sie ihn hineingleiten ließ. Sie bewegte ihn vor und zurück und drückte ihn tief hinein. Sie ließ sich von ihm füllen.

Er erreichte die Stelle, der ihr ein Schluchzen der Lust bescherte.

Sie ließ ihn eindringen und zog ihn wieder heraus, wobei sie keuchte. Sie stellte ihn sich über ihr vor. Wie er sie bedeckte. Sie vögelte.

Spannung baute sich auf, bis sie explodierte. Sie kam atemlos, wand sich vor Lust und atmete schwer.

Dann lag sie unbefriedigt da. Denn es war einfach nicht dasselbe wie die richtige Sache.

Ein Sexspielzeug konnte sie nicht umarmen.

KAPITEL SIEBEN

Anika hatte einem Kaffee zugestimmt und Dominick hätte nicht sagen können, warum er so aufgeregt war. Aber seine Mutter bemerkte es.

»Du bist so schreckhaft wie ein Teenager, der nur Flausen im Kopf hat«, verkündete sie am nächsten Morgen, während sie das Frühstück vorbereitete und das Mittagessen einpackte – die zwei jüngeren Kinder mussten zur Schule.

»Würdest du glauben, dass ich nervös bin?« Er erwähnte nicht den wahren Grund und entschied sich für: »Ich musste mich seit Jahren für keinen Job mehr bewerben.« Und anstatt einen Lebenslauf auszudrucken und per Post an Firmen zu verschicken, hatte Raymond online für ihn Bewerbungen eingereicht. Scheinbar war Papier eine Sache der Vergangenheit.

Verdammte Technologie.

»Du hast ein Paket bekommen«, verkündete seine Mutter, während sie eine Brotbox mit einem Sandwich, einem Apfel, ein paar Keksen, Joghurt, Trockenfleisch und Nüssen befüllte. Er erinnerte sich zärtlich an seine eigenen eingepackten Mittagessen für die Schule und hatte sie vermisst, während er in der Wüste nach Proteinen suchen musste.

»Ein Paket für mich?« Seltsam, denn er hatte nichts bestellt.

»Ich habe es auf den Tisch im Flur gelegt.«

Dort ging er hin und bemerkte den Luftpolsterumschlag. Das ordentlich gedruckte Etikett zeigte seine Adresse. Kein Absender.

Seltsam.

Verdächtig.

Konnte es gefährlich sein?

Er ging damit nach draußen, bevor er begann, es abzutasten. Er hatte gesehen, wie klein Bomben sein konnten, und wusste, dass es da draußen tödliche Bedrohungen gab, die nicht größer waren als ein paar Staubkörner.

Aber wer würde ihn umbringen wollen?

Das Schütteln und Betasten sagte ihm gar nichts, bis auf die Tatsache, dass es biegsam war.

Er warf es auf den Boden und bedeckte sein Gesicht.

Es explodierte nicht. Er ging im Garten in die Hocke und holte ein Taschenmesser hervor, um an einer Kante entlang zu schneiden.

Er öffnete den Umschlag, um einen Plastikbeutel mit etwas Grünem darin zu sehen.

Gras?

Wer zur Hölle würde ihm Gras schicken?

Er presste die Lippen aufeinander.

Tyson.

Der kleine Scheißkerl musste seinen Ausweis benutzt haben, um online welches zu bestellen. Immerhin war es in Kanada mittlerweile legal.

Er packte es zurück in den Luftpolsterumschlag. Nach der Schule würde er sich mit dem Jungen unterhalten. Es war an der Zeit, den großen Bruder heraushängen zu lassen. Nur Idioten nahmen Drogen.

Dominick erzählte seiner Mutter nichts davon, da sie den Stress nicht brauchte. Ruhelos mähte er den Rasen rund um das Farmhaus. Er hackte ein wenig Holz für den Ofen. Der Winter nahte. Er fütterte die Hühner, obwohl sie jedes Mal, wenn er in ihre Nähe kam, gackerten und ausrasteten. Die Ziegen blökten. Und ihr einziges Pferd legte sich auf den Boden. Nur die Scheunenkatzen schienen ihn zu mögen.

Er beschäftigte sich, da er trotz all seiner Bewerbungen keinen Anruf mit einer Einladung zum Bewerbungsgespräch bekam. Am späten Nachmittag trieben ihn seine unruhigen Füße zu einer Joggingrunde, die ihn – welch Überraschung! – zum Lebensmittelladen führte.

Er erkannte Anika sofort, die an einer Kasse stand und ihren grellen Arbeitskittel trug. Es entspannte etwas in ihm, sie zu sehen.

Er sah sie an, als er hereinkam. Sie zog eine Augenbraue hoch, was er als Einladung auffasste, zu ihr zu schlendern und Hallo zu sagen, da niemand darauf wartete, bedient zu werden.

»Hey.«

»Bist du schon wieder für noch mehr Junkfood zurückgekommen?«

Dominick erzählte Anika beinahe die Wahrheit, dass er gekommen war, nur damit er sie sehen konnte. Aber das klang lahm, weshalb er die Wahl hatte: entweder mehr Essen kaufen, das sie nicht brauchten, oder –

»Ich bin gekommen, um mich für diesen Job zu bewerben, von dem du mir erzählt hast.«

Ihre Augenbrauen gingen in die Höhe. »Du, ein Regalauffüller?«

»Willst du sagen, dass ich es nicht kann?«, reagierte er gereizt.

»Ich hätte erwartet, dass du dir bei deiner militärischen Vorgeschichte etwas im Bereich Sicherheit mit besserer Bezahlung suchen würdest.«

Er zuckte die Achseln. »Ich habe mich auf verschiedene Stellen beworben, aber bis sich jemand bei mir meldet, muss ein Mann arbeiten.« Oder er endete in einem Lebensmittelladen, wo er eine Frau anlog, die er nicht aus dem Kopf bekam. Und er hatte es versucht. Ein paarmal in der Dusche, aber seine Hand konnte nicht mithalten.

»Darryl ist der diensthabende Marktleiter, wenn du mit ihm reden willst.« Sie zeigte mit dem Finger auf einen Mann in der Nähe und ignorierte dann Dominick, als sie eine Person mit Einkaufswagen begrüßte. Wegtreten!

Er fasste es weniger als Beleidigung und mehr als die Tatsache auf, dass sie ihren Job erledigen wollte.

Dominick ging in die Richtung, in die sie gezeigt hatte, nur um dieselbe Knalltüte vorzufinden wie am Tag zuvor. Der Kerl schien über sein Näherkommen nicht erfreut zu sein.

»Bist du Darryl, der Marktleiter?«

»Ja. Kann ich dir helfen?« Die Augen des Jungen wurden vor Argwohn schmaler.

»Ich brauche einen Job.«

Ungläubigkeit hob die Tonlage der Frage: »Du willst hier arbeiten?«

»Ist das ein Problem?«, entgegnete Dominick.

»Nach dem, was ich gestern gesehen habe, scheinst du nicht passend zu sein.«

Schlag den Kerl nicht. Schlag den Kerl nicht. »Warum das, Darryl? Weil ich ein Veteran bin? Hast du ein Problem mit den Leuten, die dieses Land beschützen? Es tut mir leid, wenn dich mein ungehobeltes Benehmen stört. Ich habe es gelernt, während ich im Militär gedient habe.« Er senkte die Stimme. »Wo ich dich gerettet habe, Darryl.«

»Danke?«, quietschte er.

»Ja, du kannst mir danken, indem du eine einfache Sache tust, Darryl. Ich höre, du hast einen Job zu vergeben, das Auffüllen von Regalen, richtig?«

Ein Nicken.

»Gut. Ich werde jetzt anfangen, aber ich trage keinen Kittel.« Dominick hatte noch einen Fetzen Würde übrig.

»Regalauffüller tragen T-Shirts mit dem Logo des Ladens.«

»Meinetwegen.«

Natürlich hatte der Laden keines für jemanden

mit Dominicks Größe vorrätig. Das große Hemd schmiegte sich auf eine Art an seinen Oberkörper, die manche Kunden zum Gaffen und Flüstern brachte. Er hörte auch Gekicher.

Er ignorierte sie. Die eine Frau, von der er wollte, dass sie an ihm interessiert war, ignorierte ihn weiter. Und das nicht aus Mangel an Versuchen, ihre Aufmerksamkeit zu erregen. Er entschied sich, die Regale in der Nähe der Kassen aufzufüllen, und fletschte die Zähne den Jungs im hinteren Teil gegenüber, die protestieren wollten. Sie diskutierten nicht lange, als er schwere Kartons auf ihre Wagen lud und sie in die eher finsteren Gänge schickte.

Dominick war ein Mann auf einer Mission.

Einer Mission der Verführung. Auch wenn er vielleicht Hilfe bräuchte. Aber er konnte es nicht ertragen, Stefan zu bitten. Aufgeblasener Mistkerl. Sicherlich konnte er herausfinden, wie er kein Arschloch war, wenn er mit Anika redete.

Sie nicht wie ein Sexobjekt behandeln, auch wenn er sein Gesicht zwischen ihren Oberschenkeln vergraben wollte.

Keine Dinge sagen, die sie dazu veranlassen würden, ihn zu schlagen.

Ihr Komplimente für andere Dinge machen als

ihre breiten Hüften, die in ihm den Wunsch auslösten, sich an ihr zu reiben.

Der Marktleiter ging gegen acht Uhr abends, womit nur ein paar Angestellte im Laden und eine Handvoll stöbernder Kunden blieben.

Missionsuhr? Weniger als eine Stunde, um seinen Plan in Fahrt zu bringen.

Um neun würde der Laden schließen, und das war der Moment, in dem er vorschlagen würde, dass sie einen Kaffee im Tim Hortons im Einkaufszentrum trinken gingen. Er würde Anika zeigen, dass er reden konnte, ohne sie wütend zu machen, und sie würde einer zweiten Verabredung zustimmen. Und dann einer dritten.

Es war egal, warum er mit ihr ausgehen wollte. Er musste etwas tun. Sie war seit ihrem ersten Zusammentreffen ununterbrochen in seinen Gedanken gewesen.

Was, wenn das Kaffeetrinken schlecht lief und sie eine Ausrede gebrauchte, um ihn sitzen zu lassen, und nie wieder zustimmte, ihn wiederzusehen?

Vielleicht war er nicht bereit. Sollte er warten?

Klingeling.

Jedes Mal wenn sich die Tür des Ladens öffnete, klingelte sie, um die Kassierer wissen zu lassen, dass jemand eingetreten war.

Da es kurz vor Ladenschluss war, fragte er sich, welches Arschloch entschied, dass es in letzter Minute noch Lebensmittel brauchte.

Als Dominick die letzte Ladung Dosentomaten in das Regal stellte, hörte er es – einen leisen Streit. Er schlenderte den Gang entlang zur Vorderseite des Ladens.

»... geh weg, Thomas.«

»Du kannst mir nicht sagen, dass ich gehen soll. Ich habe das Recht einzukaufen, wo immer ich will.«

»Nicht laut der einstweiligen Verfügung. Du sollst dich fernhalten.«

»Wirst du die Polizei rufen? Mach nur. Ich werde den Beamten sagen, dass ich nicht wusste, dass du hier arbeitest. Nur ein Versehen.«

»Wir wissen beide, dass das eine Lüge ist.«

»Ist es das? Was wirst du tun? Schlag mich doch. Du weißt, dass du es willst.«

»Das würde dir gefallen, nicht wahr? Denn dann könntest du zur Polizei laufen und einen weiteren falschen Bericht abgeben.«

»Willst du, dass es aufhört? Dann weißt du, was zu tun ist.«

»Du bist so ein Arschloch.« Ihr Tonfall war leise und wütend, wesentlich kontrollierter als Dominick, der spürte, wie der Zorn in ihm hochkochte.

Er trat aus dem Gang und knurrte: »Gibt es ein Problem?«

»Kümmere dich um deinen eigenen Mist.« Der Kerl, groß, aber stockdürr, drehte sich nicht einmal um.

»Es ist mein Mist, Sackgesicht, wenn du dich beschissen jemandem gegenüber verhältst, mit dem ich arbeite.« Er bemerkte Erleichterung in Anikas Augen, als er näher kam.

Der Kerl wirbelte herum, wobei er ein dünnes Gesicht zeigte, eine gemeine Verformung seiner Lippen und die Art Einstellung, die dafür gesorgt hätte, dass ihm die Zähne ausgeschlagen wurden, wenn er im Militär wäre. Dominick hätte ihm gern gezeigt, wie sie die Dinge dort regelten.

»Ich sagte, verpiss dich. Anika und ich kennen uns schon lange. Wir waren verheiratet, bis mich die undankbare Fotze in die Wüste geschickt hat.«

Mit diesem Mistkerl verheiratet? »Klingt mehr so, als wäre sie endlich aufgewacht und hätte den Müll rausgeworfen«, spottete Dominick.

Dem Blödmann gefiel das nicht, woraufhin er sich zu seiner vollen Größe aufrichtete. Ein klein wenig größer als Dominick, aber er würde wetten, dass er nicht so kräftig war. »Ich führe eine private Unterhaltung, also halt dich verdammt noch mal raus.«

Anstatt dem Kerl zu antworten, sah Dominik Anika an. »Willst du mit ihm reden?«

Sie presste die Lippen aufeinander.

Er runzelte die Stirn, während Thomas lachte. »Sie weiß es besser, als mich zu verärgern.«

»Geh einfach, Thomas.« Das sagte sie ohne das Feuer, an das Dominick sich bereits gewöhnt hatte.

Welchen Mist hatte dieses Arschloch sie durchmachen lassen, dass sie nicht kämpfen wollte?

»Sieh mal einer an. Neun Uhr, was Ladenschluss bedeutet. Lass uns gehen, du primitiver Blödmann.« Dominick wartete nicht darauf, dass der Idiot widersprach. Er griff nach Thomas' Arm und drehte ihn hinter seinen Rücken.

»Aua. Lass mich los, Arschloch. Das ist Körperverletzung.«

Dominick führte ihn im Polizeigriff ab und flüsterte: »Körperverletzung wäre, wenn ich dein Gesicht dauerhaft umdekorieren würde.« Als sie die Tür erreichten, stieß er den Kerl hinaus und sah zu, wie er stolperte. »Halt dich von Anika fern.«

»Ich werde dich verklagen«, tobte Thomas.

»Mach nur. Erstatte Anzeige. Ich garantiere dir, es kommt nie zur Verhandlung, weil sie niemals deine Leiche finden werden.« Er hoffte, dass sein Lächeln seinen Ernst übermittelte.

Das Arschloch zeigte ihm den Mittelfinger.

»Wenn du die Hure willst, behalte sie. Sie war eine Niete im Bett.«

»Wohl eher war dein Schwanz zu klein, um sie zu befriedigen. Vielleicht solltest du dich an aufblasbare Freundinnen halten. Die sind möglicherweise nicht so enttäuscht.«

Diese Stichelei brachte den Kerl zum Knurren, während er abdampfte. Schade. Wäre er geblieben, hätte Dominick ihn vielleicht dazu anstacheln können, zum ersten Schlag auszuholen. Dann hätte er ihn rechtmäßig k. o. schlagen können.

Als Dominick zu Anika zurückkehrte, bemerkte er, wie sie auf ihrer Unterlippe herumkaute. Er wäre gern bereit, ihr die Mühe zu ersparen und für sie hineinzubeißen – zusammen mit anderen Stellen.

»Danke«, sagte sie widerwillig.

»Ich bin überrascht, dass du ihn nicht verprügelt hast.«

»Ich kann nicht. Als ich es das letzte Mal getan habe, hat es mich einiges gekostet.«

»Der Mistkerl hat dich verklagt?«

Sie nickte. »Er macht Dinge absichtlich, um mich dazu zu bringen, die Fassung zu verlieren, damit er mir mehr Geld abknöpfen kann.«

»Wirst du mich schlagen, wenn ich sage, ich

verstehe nicht, warum du den Kerl jemals geheiratet hast?«

Sie rollte die Schultern. »Er war nicht immer ein Arschloch. Zumindest nicht so offensichtlich. Ich hätte ihn niemals heiraten sollen, aber wir hatten einen Unfall, als wir zusammen waren. Ich wurde schwanger.«

»Scheiße, du bist Mutter?« Das hätte er nie vermutet.

Sie schüttelte den Kopf. »Ich habe das Baby verloren. Aber da hatten wir bereits geheiratet, da Thomas entschlossen war, dass wir keinen Bastard bekommen. Ich versuchte eine Weile, es zum Funktionieren zu bringen, aber es erreichte den Punkt, an dem ich jedes Mal, wenn mein Handy klingelte oder jemand an der Tür klopfte, hoffte, es sei jemand, der gekommen war, um mir zu sagen, dass er bei einem Unfall ums Leben gekommen war. Bevor ich selbst begann, seinen Tod zu planen, reichte ich die Scheidung ein.«

»Es scheint, als hätte er das nicht gut aufgenommen.«

»Dieser widerwärtige Mistkerl hat mir alles genommen, was ich hatte, und noch mehr«, schnaubte sie. »Seither versuche ich, mein Leben wieder aufzubauen, aber er lässt mich einfach nicht in Ruhe.«

Bei ihrer ungestümen Aussage wollte Dominick dem Scheißkerl wirklich hinterherlaufen und ihn zu Brei schlagen. Ihn vielleicht von einem Baum hängen lassen und als Köder für die Wildtiere nutzen. Schade, dass er nicht diese Ameisen in die Finger bekommen konnte, denen er während seiner Zeit im Gefangenenlager begegnet war.

»Wenn du jemals Hilfe dabei brauchst, dich um ihn zu kümmern, stelle ich mich gern zur Verfügung.«

Sie schüttelte den Kopf. »Das ist mein Problem.«

Für den Moment. Sie wusste es nicht, aber soeben war es auch Doms geworden.

»Du siehst ein wenig aufgewühlt aus. Wie wäre es, wenn wir einen Kaffee trinken gehen und uns unterhalten?« Er sprach es schroffer aus als beabsichtigt. Vermutlich zu früh.

Sie würde sicherlich Nein sagen.

Er hatte seine Chance ruiniert.

Je länger sie ihn beäugte, ohne zu antworten, desto mehr wappnete er sich. Als sie endlich den Mund öffnete, erwartete er, dass sie Nein sagte, ihm irgendeine Ausrede auftischte.

Stattdessen überraschte sie ihn vollkommen, als sie sagte: »Sicher. Warum gehen wir nicht zu mir und ersparen uns die unverschämt hohen Preise?«

KAPITEL ACHT

Anika hätte Nein sagen sollen. Hätte es gekonnt. Hätte es getan.

Aber das Zusammentreffen mit Thomas hatte sie zum Brodeln gebracht. Sie wütend gemacht. Und sie fühlte sich auch ein wenig gehässig.

Also lud sie Dominick in ihre Wohnung ein, unsicher darüber, was passieren würde.

Oh, verdammt noch mal. Sie wusste, was ihren Wünschen nach passieren sollte, und Dominick war praktisch. Sie würde ihn vögeln und dann wegschicken.

Er antwortete nicht sofort, woraufhin Scham in ihr aufstieg. Er musste sie für eine Hure halten. Oder für verrückt, wenn man bedachte, dass sie ihm die kalte Schulter gezeigt hatte.

»Bist du sicher?«

Es überraschte sie, dass er gefragt hatte. »Planst du, mich zu töten?«

»Nein!«

»Dann ja, ich bin mir sicher.« Hätte er sich widerwärtig verhalten, hätte sie es sich vermutlich anders überlegt, aber er schien ernsthaft schockiert zu sein.

Er sagte nicht viel, als er in ihren Wagen stieg.

Was gab es schon zu sagen? Ein falsches Wort würde ihr vielleicht den Wahnsinn dessen bewusst machen, was sie tat. Aber sie musste die Leere füllen. »Wie hat dir dein erster Arbeitstag gefallen?«

Er lachte heiser. »Ganz gut, denke ich. Ich meine, es war einfach. Langweilig.«

»Wenn es so langweilig ist, warum hast du nach dem Job gefragt?«

Er sah sie an. »Weil ich dir näher sein wollte.«

Sagte jeder Stalker auf der Welt. Was sagte es über sie aus, dass es ihr Erregung bescherte?

»Ich mag dich trotzdem nicht.« Sie starrte geradeaus.

»Wenn es hilft, meine Gefühle für dich sind kompliziert. Zum Teufel, mein ganzes *Leben* ist kompliziert.«

»Warum lädst du mich dann zu einer Verabredung ein?«

»Aus demselben Grund, warum ich den Job im Laden angenommen habe. Ich will in deiner Nähe sein.«

Das brachte sie zum Prusten. »Du hast mich erst gestern getroffen.«

»Aber ich kenne dich schön länger.«

»Wir hatten uns seit der Highschool nicht mehr gesehen«, merkte sie an.

»Schon, aber wusstest du, dass ich vor dem Abschluss monatelang in dich verknallt war?«

Diese Behauptung zog ihren Blick auf sich. »Warum? Ich habe dich geschlagen und dir gesagt, du sollst von einer Brücke springen.«

Er zuckte die Achseln. »Was soll ich sagen? Mir gefiel, dass du Nein gesagt hast.«

Sie schnaubte über die Ausrede. »Also, mit anderen Worten, wenn ich damals Ja gesagt hätte, hättest du das Interesse verloren?«

Er lehnte sich zu ihr, um zu sagen: »Wenn du Ja gesagt hättest, hätten wir rumgemacht und du wärst meine Freundin geworden.«

»Bis du zum Militär gegangen bist.«

Er zuckte die Achseln. »Vermutlich. Ich hatte nicht die passenden Schulnoten fürs College, und damals war ich an nichts anderem interessiert.«

»Was ist jetzt? Und sag mir nicht, dass du für den Rest deines Lebens Regalauffüller sein willst.«

»Ich weiß nicht. Mein Bruder Stefan arbeitet in einer Kneipe, was ich hassen würde. Raymond ist ein Technikfreak. Sie beide haben angeboten, mir dabei zu helfen, etwas zu finden, aber ...« Er zuckte die Achseln. »Nichts davon interessiert mich.«

»Was magst du?«, fragte sie ihn, mehr an seiner Antwort interessiert als erwartet.

»Ich mochte das Militär.«

»Warum bist du dann gegangen?«

Er verstummte.

»So schlimm, was?«

Er atmete lautstark aus. »Ja und nein. Ich bekam Schübe. Aussetzer. Sie stempelten es als Posttraumatische Belastungsstörung ab und entließen mich aus medizinischen Gründen.«

»Du klingst nicht so, als würdest du der Diagnose Glauben schenken.«

»Weil mir all die Kriege und die Dinge, die ich getan habe«, er rollte seine Schultern zurück, »ehrlich nichts ausgemacht haben. Und meine Albträume handelten nicht von den Missionen.«

»Wovon handeln deine Albträume?« So viel hatte er noch nie erzählt und sie stellte fest, dass sie neugierig war, mehr zu erfahren.

»Ich träume davon, nicht ich selbst zu sein.«

»Wer bist du?«

»Nicht wer. Was.« Er lachte. »Ich träume tatsächlich, dass ich eine verdammte Raubkatze bin. Was der Grund ist, warum sie mich für verrückt hielten. Eine Weile lang war ich davon überzeugt, dass etwas in mir lebt.«

»Und jetzt?«, fragte sie.

»Jetzt habe ich immer noch das Gefühl, als wäre mein Körper zu klein. Wenn es zu viel wird, gehe ich joggen.«

Sie fuhr auf den Parkplatz für ihre Wohnung, der Keller eines umgebauten Hauses. Sie hielt inne, da sie sich fragte, ob sie lieber zu einem Motel hätte fahren sollen, aber dafür hatte sie nicht das Geld. Und es war wirklich am besten, wenn sie ihn die Realität ihres Lebens sehen ließ.

Vielleicht würde er ihnen die Mühe ersparen und weglaufen.

Er stieg aus und während er sich umsah, sagte er nichts.

Sie betraten ihre Wohnung und einen Moment lang empfand sie Scham. Verlegenheit über die Schäbigkeit. Aber es war sauber. Sie mochte vielleicht arm sein, aber man konnte verdammt noch mal von ihrem Boden essen.

Er sagte nichts Abfälliges. Auch sein Gesichtsausdruck vermittelte keinerlei Ekel.

Er zeigte auf ihre Küche. »Wie wäre es, wenn

ich eine Kanne Kaffee aufsetze, während du dich umziehst?«

Dachte er tatsächlich immer noch, dass es bei dieser Einladung in ihre Wohnung um Kaffee ging?

Da er scheinbar einen deutlicheren Hinweis brauchte, packte sie ihn am Hemd und zog seinen Mund auf ihren.

Einen Moment lang rührte er sich nicht und war wie erstarrt.

»Was passiert hier?«, fragte er.

»Sex, wenn du nur die Klappe halten würdest.«

»Aber –«

Sie schob ihre Zunge in seinen Mund, bevor sie es sich anders überlegte.

Er verstand den Wink und erwiderte den Kuss, sein Mund hart und beharrlich auf ihrem.

Leidenschaft brach aus, und zwar von der Art, die dafür sorgte, dass sie bald außer Atem waren. An der Zunge des anderen saugten. Einander in die Lippe bissen.

Sie hatte ein Bett, aber sie schafften es nicht ins Schlafzimmer. Mit den Händen umfasste er ihre Taille und er hob sie hoch, bis ihr Hintern auf der Arbeitsplatte landete. Sie spreizte die Beine, um seinem Körper Platz zu schaffen. Mit ihrer neuen Position auf der Anrichte musste er sich ein wenig vorbeugen, um sie weiter küssen zu können. Nicht dass er eine Wahl hatte, so wie sie mit den Händen seinen Nacken umklammerte.

Während sich ihr stockender Atem mischte, raste ihr Puls und ihr Schritt pulsierte. Sie wollte das mehr als gedacht.

Er fuhr mit dem Mund von ihren Lippen zu ihrem Kiefer, dann über ihr Ohrläppchen. Er zog daran. Saugte daran. Sie gab einen wimmernden Schrei von sich, woraufhin er an ihr knurrte und sie vor Verlangen erschaudern ließ.

Sein Mund kehrte mit voller Kraft auf ihren zurück, wo er zwickte, saugte und sie vor Leidenschaft verrückt machte.

Sie klammerte sich an ihn, zog ihn mit ihren um seine Taille gewickelten Beinen an sich. Sie konnte ihn spüren. Hart und bereit.

Er wollte sie.

Genau wie sie ihn wollte.

Sie zog an seinem Hemd und schob es nach oben, um seine Haut ihrer Berührung zu offenbaren. Aber es sollten nicht nur ihre Finger sein. Sie küsste seine Brust. Vergrub ihre Fingernägel in seiner Haut, sobald er das Hemd ausgezogen hatte. Sie leckte um seine Brustwarzen herum und verspürte Erregung angesichts seines leisen Knurrens.

Er war nicht zufrieden damit, nur sie spielen zu

lassen.

Mit seinen Händen, groß und schwielig, zog er ihr das Hemd aus und fuhr dann über ihren Brustkorb, wo er ein Schaudern der Lust auslöste. Er grummelte, als ihr BH ihm Schwierigkeiten bereitete, aber er schaffte es, den Verschluss zu öffnen. In dem Moment, in dem er ihre Brüste befreite, umfasste er sie und strich mit den Daumen über die harten Brustwarzen. Sie lehnte sich zurück und er nahm die Einladung an. Er senkte den Kopf und umschloss mit dem Mund eine ihrer Knospen.

Mit seinem heißen und feuchten Mund saugte und zwickte er an ihren Brustwarzen, bevor er mit den Lippen daran zog. Er biss leicht hinein, was ihr ein Keuchen entlockte. Er umfuhr sie mit der Zunge, bevor er an ihnen saugte.

Die Erregung traf sie hart, stärker als sie es sich vorgestellt hatte. Fast so sehr, dass es beängstigend war, und doch konnte sie gleichzeitig nicht aufhören.

Das würde sie nicht.

Sie wollte, was er zu bieten hatte.

Sie musste sich begehrt fühlen. Sie wollte Lust.

Er löste den Mund von ihren Brüsten, um damit ihren Bauch hinunter bis zum Bund ihrer Hose zu wandern. Sie sehnte sich nach ihm und dennoch hielt er inne.

Ein Blick unter gesenkten Lidern hervor zeigte ihn, wie er sie anstarrte.

Heiser brachte sie hervor: »Worauf wartest du?«

Er stöhnte, das Geräusch erreichte sie durch den Stoff ihrer Hose, als er seinen Mund auf sie drückte.

Mein Gott, die Hitze. Sie stöhnte. Zitterte. Dann schrie sie auf, als er noch heißere Luft darauf blies.

»Dom.« Sie flüsterte seinen Namen, was ihn in die Raserei trieb und ihn dazu brachte, an ihrer Hose zu zerren. Sie hörte das Reißen von Stoff, als er es schaffte, sie nach unten zu befördern.

»Verdammt, du riechst so gut.« Er knurrte, bevor er seinen Mund in ihren Schritt drückte.

Sie schrie auf und wölbte den Rücken, wobei sie von der Anrichte gerutscht wäre, wenn seine Hände nicht gewesen wären.

Er hielt sie fest, damit er sie befriedigen konnte, während er mit der Zunge über sie fuhr, an ihr leckte und ihre Schamlippen spreizte, um in ihre Muschi vorzustoßen.

Mit den Fingern suchte sie auf der Theke nach Halt, während sie die Hüften zeitgleich mit seiner leckenden Zunge bewegte. Er spreizte sie und hielt sie dort fest, wo er wollte, damit er sie genießen konnte.

Aber er spielte nicht nur mit ihrer Klitoris. Plötzlich fingerte er sie. Sein rauer Finger drang ein und entlockte ihr einen heiseren Schrei, während sie sich an ihn drückte.

Er bearbeitete weiter ihre Klitoris, als er einen zweiten Finger hineingleiten ließ, um sie zu dehnen, einen Finger, der lang genug war, um diese Stelle in ihr zu erreichen.

Um sie zu streicheln.

Sie zu drücken.

Er leckte.

Er drang in sie ein.

Die Begierde baute sich auf. Sie keuchte, als sie sich dem Höhepunkt näherte.

Und dann knurrte er an ihr: »Komm für mich, Annie.«

Ihr Orgasmus explodierte, ein Krampf, der ihren ganzen Körper überkam und sich mit einem Schrei löste.

Sie pulsierte um seine Finger herum und er summte zufrieden an ihr, um es in die Länge zu ziehen, bis sie wimmerte.

»Zu viel.«

Er stand auf und zog sie für einen Kuss an sich, in dem sie sich selbst schmecken konnte. Aber das war ihr egal. Sie pochte. Pulsierte. Und sie wusste, dass es ihm genauso erging.

Sie zog an seinem Gürtel, dann an seiner Hose. Als sie hineingriff, um ihn zu umfassen, hörte sie ihn zischen.

Gerade als sie nach einem Kondom fragen wollte, kam sein Handy dazwischen, dessen Klingeln eine hartnäckige Ablenkung war.

Er ignorierte es, während er sie küsste. Sie rieb mit dem Daumen über die Spitze seines Schwanzes und fragte: »Hast du Kond-«

Klingeling. Klingeling.

Sein Handy klingelte erneut und er fluchte. »Verdammt noch mal, warum jetzt?«

»Ich denke, du gehst besser ran.« Sie ließ ihn los, als der Moment zerbrach.

Er sah wild aus, die Leidenschaft lag immer noch in seinem Blick und an seinen Lippen war der Anflug eines Schmollens zu erkennen. »Ich will nicht rangehen. Ich will in dir sein.«

Sie wollte es ebenso.

Das Handy hörte zu klingeln auf, fing aber genauso schnell wieder an.

Er seufzte. Dann seufzte er erneut, als er es aus seiner Tasche zog und das Gespräch annahm.

Sie hörte nichts, sah aber, wie sein Gesichtsausdruck von erregt zu kalt und hart überging. Er legte auf und knurrte: »Ich muss gehen.«

»Oh.« Das Wort klang niedergeschlagener, als

sie es wollte, und zu ihrer Überraschung zog er sie für einen innigen Kuss an sich und grummelte: »Ich gehe nicht, weil ich es will, Annie.«

Annie. Ihr gefiel die Art, wie er ihren Namen weicher klingen ließ.

»Soll ich dich fahren?«, fragte sie.

»Nein. Mein Bruder holt mich ab.«

»Woher weiß er, dass du hier bist?« Sie hatte nicht gehört, wie er ihre Adresse genannt hatte.

Die Falte zwischen seinen Augenbrauen passte zu seiner zurückgezogenen Oberlippe. »Der Mistkerl hat mein Handy nachverfolgt.«

»Ist alles in Ordnung?«

»Mein kleiner Bruder wird vermisst. Und ich muss helfen, ihn zu finden.« Er zog sie an sich und gab ihr einen weiteren heftigen Kuss. »Wir sehen uns morgen.«

Würden sie das?

Ausnahmsweise widersprach sie nicht.

»Verdammt, das ist beschissen«, grummelte er, als er ging.

Wohingegen sie ihre Lippen berührte.

Was war soeben passiert?

Der beste Sex ihres Lebens mit einem Kerl, der mit seinem Mund für gewöhnlich die dümmsten Dinge sagte. Aber sein Mund hatte definitiv andere Talente.

KAPITEL NEUN

Stefan war derjenige, der ihn abholte. Da sie nur zu zweit waren, konnte Dominick besser Fragen stellen.

»Warum denkt Mom, dass Tyson vermisst wird?«

»Weil er vielleicht eine große Klappe haben mag, aber an Schultagen immer um neun Uhr abends zu Hause ist.«

»Es ist erst zehn.«

»Willst du das Mom gegenüber wiederholen?«, war Stefans trockene Antwort.

Dominick verzog das Gesicht. »Irgendeine Ahnung, wohin er gegangen ist?«

»Raymond hat sein Handy zu einer Stelle im Wald nachverfolgt. Es bewegt sich nicht.«

»Das bedeutet gar nichts. Er könnte dort

draußen trinken oder er hat ein Mädchen bei sich.«

Stefan warf ihm einen Blick zu. »Ist das deine Art zu versuchen, dich aus der Suche herauszuwinden? Denn wenn du willst, kann ich umdrehen und dich absetzen.«

»Nein.« Aber er sagte es nicht in einem fröhlichen Tonfall. Sein Bauchgefühl sagte ihm, dass Tyson in Schwierigkeiten steckte, und er wusste es besser, als es zu ignorieren. Sein Instinkt hatte ihn noch nie fehlgeleitet, auch wenn angemerkt werden sollte, dass er ihn aktuell in Anikas Richtung führte. Er wollte sie. Er wäre mit Freuden in ihre Arme zurückgekehrt, wenn da nicht eine Sache wäre.

Mom.

»Zu welcher Zeit hat unser kleiner Bruder das Haus verlassen?«, fragte Dominick, um ein besseres Verständnis für das zu bekommen, was vielleicht passiert sein konnte.

»Irgendwann vor neun. Laut Mom kam er für einen Snack nach unten. Sie ist ins Bett gegangen, um zu lesen. Sie hat bemerkt, dass er nicht in seinem Bett lag, als sie nach unten gegangen ist, um sicherzugehen, dass alles abgeschlossen ist.«

Sie hatte wohl eher auf Dominick gewartet. Sie ging nicht gern schlafen, bis ihre Kinder zu Hause waren.

»Ist er ein Trinker?« Dominick musste fragen. Er hatte in den letzten Jahren nicht viel Zeit hier verbracht. Jedenfalls nicht genug, um es zu wissen.

Stefan schüttelte den Kopf. »Ein paar Bier. Überwiegend, um dazuzugehören, glaube ich. Aber ich habe ihn beim Rauchen von Gras erwischt.«

Dominick schlug auf das Armaturenbrett. »Kleiner Mistkerl. Das würde das Päckchen erklären, das ich bekommen habe. Jemand hat mir anonym eine Tüte Grünes zugeschickt.«

»Ach was.« Stefan hauchte die Worte. »Ist es gut?«

»Woher soll ich das wissen? Ich nehme keine Drogen.« Nicht seit den Aussetzern.

»Vielleicht solltest du. Du könntest lockerer werden«, bemerkte Stefan.

»Es geht mir gut. Ich muss nicht high werden.« Er musste nicht erneut mit Blut am Kinn aufwachen. Denn es war nicht genug, dass er einen Aussetzer gehabt hatte. Als sie ihn aus dem aktiven Dienst nahmen, hatte er einen weiteren Joint aus diesem Vorrat geraucht und war auf dem örtlichen Markt aufgewacht, inmitten eines Haufens voller Fisch.

»Wenn du das sagst. Wie geht es Anika?«

Hitze erwärmte sein Gesicht und er rutschte auf dem Beifahrersitz herum. »Es geht ihr gut.«

»Hmhm«, war alles, was Stefan sagte, und doch störte es Dominick.

»Halte dich von ihr fern.«

»Steckst du dein Revier ab?« Sein Bruder grinste ihn an. »Keine Sorge. Selbst ich habe Skrupel.«

Gewissensbisse machten sich breit, als er erkannte, dass er angedeutet hatte, sein Bruder würde ihn auf solche Art hintergehen. Stefan war viele Dinge, aber niemals ein verletzender Mistkerl seiner Familie gegenüber.

»Entschuldige. Irgendetwas an ihr macht mich ein wenig verrückt.«

»Ist sie nicht dasselbe Mädchen, in das du auf der Highschool verknallt warst?«

»Daran erinnerst du dich?« Er verzog das Gesicht. War es so offensichtlich gewesen?

»Du hattest ihr aus dem Jahrbuch gerissenes Foto auf deinem Nachttisch.«

Vor Verlegenheit wurde sein Gesicht heiß und war bereit zu explodieren. »Also, was soll's, wenn ich sie mochte?«

»Mochte? Du warst besessen. Wenn du nicht zur Armee gegangen wärst, hätte sie dich wegen Stalkings einsperren lassen, daran habe ich keine Zweifel.«

Dominick zog eine Grimasse. »Ich verstehe

nicht, was an ihr dafür sorgt, dass ich mich wie ein Arschloch verhalte.«

»Muss Liebe auf den ersten Blick gewesen sein«, spottete Stefan.

Liebe? Niemals.

Sie fuhren in die Auffahrt ihres Hauses und sprangen aus dem Wagen. Mom stand auf der Veranda, die Arme um sich selbst gelegt.

»Dominick, Gott sei Dank. Du musst deinen Bruder finden.« Sie wirkte ein wenig verzweifelt.

»Ich bin mir sicher, es geht ihm gut. Der Junge hat vermutlich einen Rausch im Wald. Das ist eine Jungssache. Erinnerst du dich daran, als ich es gemacht habe?« Er hatte ein paar Pilze gefunden. Von der magischen Art. Er hatte eine Nacht mit der Vorstellung verbracht, er sei eine Raubkatze, die im Wald jagte.

»Ich erinnere mich, und es war genauso beängstigend«, rief sie. »Also erinnere mich nicht daran!«

Seine Augenbrauen gingen in die Höhe. »Entschuldigung.«

»Entschuldige dich nicht. Finde deinen Bruder!« Mom war über die Angst hinaus zur Panik übergegangen.

Er hasste es, sie so zu sehen, was der Grund war, warum er sie in die Arme nahm und murmelte: »Keine Sorge. Wir werden ihn finden.«

Und dann würde er seinem Bruder die Scheiße aus dem Leib prügeln, weil er Mom Angst gemacht hatte.

»Welche Richtung?«, fragte er Stefan.

»Im Wald, hinter der Brücke über den Bach, zumindest laut Ray.«

»Wo ist Ray?« Er sah seinen anderen Bruder nicht oft, da er den Großteil seiner Zeit im Keller verbrachte.

»Er hat ein paar Drohnen in der Luft, die nach Tyson suchen.«

Na, scheiße. Das wäre hilfreich.

Da er eine Richtung hatte, lief Dominick über das Feld zum Wald. Zum selben Wald, in dem Pammy aufgrund einer Falle beinahe ein Bein verloren hätte. Eine Tierfalle. Jemand, der auf ihrem Land wilderte.

Trotz der Installation von Wildkameras in der Nähe der Fallen, die sie ohne die sie auslösende Feder wieder ausgelegt hatten, hatten sie den Übeltäter noch nicht fangen können.

Und jetzt wanderte Tyson zwischen denselben Bäumen umher. Ein Teenager, der sich der Gefahren nicht bewusst war. Vielleicht verletzt. Was, wenn er einen Aussetzer hatte wie Dominick? Manche Drogen konnten die Menschen dumme Dinge tun lassen – zum Beispiel die Vorstellung vermitteln, sie könnten fliegen oder unter Wasser atmen.

Kein Wunder, dass seine Mutter ausflippte. Hatte sie sich jedes Mal so gefühlt, wenn er etwas Dummes getan hatte? Während ihm in den Sinn kam, wie schlimm das sein konnte, bewegte Dominick sich schneller und war in wesentlich größerer Sorge, als er es jemals zugegeben hätte.

Scheiße, er wurde wohl alt.

Der Pfad im Wald, der durch regelmäßige Spaziergänge frei von Unkraut war, war kaum zu sehen. Der Mond war nur eine Sichel. Er konnte gut genug sehen, um sich zu orientieren. Seine langen Schritte trugen ihn schnell voran, mit seinem Bruder dicht auf seinen Fersen.

Als sein Handy klingelte, holte er es mit einer Hand heraus und lief weiter. »Ja?«

Raymond war in der Leitung. »Bleibt auf dem Pfad. Die letzte bekannte Position seines Handys ist am Bach, an der Stelle, wo er sich teilt.«

»Werden wir über die Tatsache reden, dass du den Ortungsdienst auf unseren Handys gehackt hast?«, fragte er.

»Nein.« Ray hielt seine Antwort kurz.

»Es ist illegal.«

»Stimmt.«

»Du wirst nicht aufhören, oder?«, fragte er.

»Nein.« Ray entschuldigte sich nicht.

»Haben die Drohnen irgendetwas gesehen?« Diese kleinen mechanischen Mistkerle hatten auf seinen Missionen viele Leben gerettet. Sie konnten Fallen erkennen und Zielpersonen aufspüren, was während der Jagd Zeit sparte.

»Vergiss die Drohnen.«

»Stefan sagte, du hättest zwei losgeschickt.«

»Das habe ich. Eine wurde von einem Vogel geschnappt und die andere hat versagt«, schimpfte Raymond.

»Armer Ray, er hat seine Spielzeuge verloren«, zog Dominick ihn auf. Sein Bruder mochte schon immer elektronische Geräte mehr als Menschen.

Anstatt zu antworten, zählte Raymond rückwärts. »Ihr erreicht die Stelle in fünf, vier, drei …«

Ein Schritt und noch ein weiterer, bevor er stolpernd zum Stehen kam.

»Scheiße«, murmelte Stefan.

Sie hatten das Handy gefunden, inmitten der Fetzen der Kleidung ihres Bruders. Das Hemd war ausgeleiert und zerrissen. Hose und Boxershorts lagen auf dem Boden. Genau wie die Schuhe.

Und daneben eine bekannte grüne Tüte, zusammen mit einer Packung Zigarettenpapier.

KAPITEL ZEHN

»Er ist verdammt noch mal high im Wald«, brüllte Dominick. »Dieser verdammte Idiot. Ich werde ihn erdrosseln.«

»Halt die Klappe. Wenn Tyson dich hört, wird er sich verstecken. Und wenn er sich versteckt, können wir nicht nach Hause in unsere bequemen Betten zurückkehren.« Mom würde sie umbringen, wenn sie Tyson über Nacht draußen ließen.

Dominick war allerdings noch nicht fertig. »Selbst wenn wir ihn finden, können wir ihn nicht mit nach Hause nehmen, nicht wenn er einen größeren Rausch hat als diese Kerle, die diese Frösche ablecken. Daphne sollte einen solchen Mist nicht sehen.« Jemand musste auf ihre jüngste Schwester aufpassen.

Stefan verdrehte die Augen. »Du weißt schon, dass Daffy online Kriegsspiele spielt?«

»Was? Sollte sie nicht Puppen, Make-up oder ein Puppenhaus oder so was haben?«

Sein Bruder verzog das Gesicht. »Wie hast du so lange in der Nähe von Frauen gelebt, ohne für den Mist umgebracht zu werden, den du von dir gibst?«

Dominick schürzte die Lippen. »Die meisten von ihnen haben nicht ein Wort von dem verstanden, was ich gesagt habe.« Das machte die Dinge einfacher. Reden führte dazu, dass er in Fettnäpfchen trat. Dazu musste man nur Anika fragen.

Raymond war immer noch in der Leitung und unterbrach sie. »Hallo, solltet ihr nicht unseren kleinen Bruder suchen?«

Das verursachte ein lautes Seufzen. »Ich wollte definitiv nicht, dass mein Abend so endet.«

Und doch tat er es. Er lief in der Dunkelheit durch den Wald, mit einer Tüte Gras in der Tasche. Wie stark konnte es sein? Marihuana verursachte für gewöhnlich nur einen schwachen Rausch. Es beruhigte ihn, weshalb er es geraucht hatte. Aber es war nur eine schlechte Mischung nötig gewesen, damit er aufhörte. Konnte es sein, dass Tyson denselben Mist bekommen hatte?

Er zog die Tüte heraus und roch daran.

Etwas kitzelte in seiner Nase. Kaum genug, um es zu bemerken.

Er öffnete die Tüte und ein wundervolles Aroma stieg daraus auf. Er steckte seine Nase für einen tieferen Atemzug tief hinein.

Er lächelte.

Es roch nicht nach Gras, sondern mehr wie die köstlichste Sache der Welt. Er hätte sich in dem Zeug wälzen können. Er fühlte sich damit so gut.

Knurr.

Er schüttelte den Kopf, als ein Geräusch aus ihm herausbrach. Erschreckend, aber nicht genug, um von all den Düften um ihn herum abzulenken.

Wie hatte er die verschiedenen Duftspuren zuvor nicht bemerken können? Er drehte seinen Kopf nach links und rechts und verfolgte Gerüche zu ihrer Quelle. Baum. Busch. Blatt. Exkremente.

Tyson.

Weitere Exkremente.

Moment, Tyson?

Er drehte sich dorthin, wo er es roch, etwas, das ihn an seinen Bruder erinnerte. Er folgte der Spur und schlängelte sich durch die Bäume, wobei jeder tiefe Atemzug den Duft reduzierte. Es nahm ihm sein warmes Strahlen.

Die grummelnde Unzufriedenheit in ihm kehrte mit voller Kraft zurück.

Ohne sich zu fragen, ob es eine gute Idee war, steckte er den Kopf ein weiteres Mal in die Marihuanatüte.

Sofort fühlte er sich gut, es war eine wohlige, lockere Empfindung. Seine Fähigkeit, die Gerüche zu unterscheiden, verbesserte sich und er lief hinter Tysons Duft hinterher, bis er am Stamm eines Baumes endete.

Er sah nach oben.

Ganz nach oben.

Zwischen den Ästen sah er Augen, die ihn anfunkelten.

»Tyson?«

Die Antwort war ein Knurren, mehr das eines Tieres als eines Teenagers.

»Hör mit dem Scheiß auf und komm runter.«

»Knurr.« Ein weiteres grummelndes Geräusch, und er begann, sich zu fragen, ob es vielleicht nicht sein Bruder war.

Oder konnte es sein, dass Tyson einen solchen Rausch hatte, dass er nicht mehr wusste, wie man sprach? Er hatte Kerle beim Militär gekannt, die wilde Halluzinationen gehabt hatten. Man musste sich nur Dominick ansehen, der sich in keiner Weise an die letzten beiden Male erinnerte, als er Gras geraucht hatte.

»Bist du mein Bruder oder nicht?« Er beäugte

den Baum und dann die Äste. Ein Seufzen. Er hasste das Klettern. Eine Sekunde lang dachte er darüber nach, noch einmal an der Tüte zu riechen, überlegte es sich aber anders.

Er stürzte sich auf den untersten Ast und hielt sich fest, bevor er seine Beine nach oben schwang, um sich zu drehen und auf ihn zu setzen.

Erst als er stand, dem Stamm nahe genug, um einen weiteren höheren Ast zu greifen, knurrte das Ding über ihm.

Tief und vibrierend. Es sah seinem Bruder nicht im Geringsten ähnlich und doch log der Duft nicht. Schwach, aber unverkennbar. Dominick hatte schon immer ein Talent dazu gehabt, Leute an ihrem Geruch zu erkennen.

Mom war eine Mischung aus Himbeere und Honig. Stefan war Kieferbäume im Winter. Tyson hatte einen Anflug von Zimt mit Vanille.

Er kletterte einen weiteren Ast hinauf, dann noch einen. Es ließ das Ding über ihm nach oben flüchten.

Aber gerade als er dachte, er hätte es in die Enge getrieben, sprang es auf einen anderen Baum.

»Mistkerl.«

Er brauchte eine Weile, um wieder hinunterzuklettern. Als er ankam, war das, was auch immer er verfolgt hatte, verschwunden.

Er beäugte die Tüte mit dem Gras und überlegte, ob er versuchen sollte, es erneut zu finden. Besser nicht, denn wenn das Tyson war, dann hatte ihn der grüne Mist offensichtlich heftig durcheinandergebracht.

Anstatt ihn zu verfolgen, ging er zu dem Bach und den Klamotten zurück. Er ging langsam. Machte viele Pausen. Spürte, dass er nicht allein war, drehte sich aber nie um, um hinter sich zu blicken.

Mit einer Hand schrieb er seinem Bruder. *Bleib der Gabelung fern. Ich glaube, er folgt mir.* Er stellte die Lautstärke ab, um den Verfolger nicht zu erschrecken.

Am Bach mit den ruinierten Klamotten angekommen setzte er sich mit dem Rücken an einen Baum und wartete.

Er hörte den Wind, der leise durch die Äste pfiff. Das sanfte Plätschern des Baches. Das kaum hörbare Knirschen eines Schrittes auf losen Steinen.

Es dauerte lange, bevor es ihm nahe genug kam, sodass er seinen Atem hören konnte. Kurze Stöße.

Er hielt die Augen geschlossen, die Hände auf den Oberschenkeln und im Lotussitz – eine

Entspannungstechnik, die ihm einer seiner Seelenklempner beigebracht hatte.

Es entspannte ihn nicht, half ihm aber dabei, sich zu konzentrieren, wenn er Geduld haben musste.

Wie jetzt. Ein Körper, der nach Tyson roch, legte sich auf seinen Schoß, aber ... irgendetwas fühlte sich falsch an.

Er legte seine Hand auf Fell.

Was zur Hölle?

KAPITEL ELF

Als er aufsprang, stürzte der pelzige Körper von seinem Schoß. Dominick griff nach seinem Messer, wobei er sich wünschte, er hätte eine Schusswaffe mitgebracht. Die Bestie fiel zu Boden und rollte sich ab. Um ihn herum wurde es dunkel, als eine Wolke den Mond bedeckte, was bedeutete, dass er nichts sehen konnte, aber Dominick konnte hören.

Ein Jaulen und dann ein Schrei.

»Aua. Scheiße. Was zum Teufel?« Trotz der Dunkelheit wurde die Gestalt seines Bruders plötzlich erkennbar, auf Händen und Knien, mit herunterhängendem Kopf und so nackt wie am Tag seiner Geburt.

Dominick musste geschlafen und sich das Fell eingebildet haben, denn das war eindeutig Tyson.

Sein Bruder, der in Kürze langen Hausarrest bekommen würde.

»Du!« Dominick zeigte auf ihn. »Du hast Mom mit deinem Verschwinden Sorgen gemacht.«

Sein Bruder richtete ein blasses Gesicht in seine Richtung. »Was ist passiert?«

»Stell dich nicht dumm. Ich weiß, dass du in mein Zimmer gegangen bist und diese Drogen gestohlen hast, die du dir unter meinem Namen hast schicken lassen.«

»Was?« Tyson kippte auf seine Fersen zurück und bemerkte seine Nacktheit. »Wo sind meine Klamotten?«

Dominick zeigte darauf. »Auf dem Boden. Wo du sie zurückgelassen hast. Als du high geworden bist!«

Mit jedem Satz verzog Tyson mehr das Gesicht. »Ich dachte, es wäre Gras.«

»Was meinst du mit *du dachtest*? Du hast es bestellt.«

Tyson schüttelte den Kopf. »Nein. Der Mist gehört nicht mir. Ich kaufe es für gewöhnlich von einem Kerl in der Schule.«

»Woher wusstest du dann, dass ich es hatte?« Denn er hatte es unter seinem Kissen versteckt.

»Ich habe es gefunden, als ich für Mom dein Bett abgezogen habe.«

»Und du hast es gestohlen!«

»Ausgeliehen«, korrigierte Tyson. »Ich wollte es zurücklegen, bevor du von der Arbeit zurückkommst, aber ...« Tyson sah nach unten. »Ich vermute, ich habe ein wenig zu viel geraucht und die Zeit vergessen.«

»Meinst du?« Er würde nicht nachsichtig sein. Der Junge musste eine Lektion lernen.

»Es tut mir leid«, kam sein heiseres Flüstern.

»Es wird dir auch noch leidtun. Denn du weißt, dass du Mom zum Weinen gebracht hast.«

Tyson weinte ebenfalls, als er zu ihr zurückkehrte. Sie eilte in dem Moment aus dem Haus, in dem Dominick seinen Bruder über das Feld brachte.

Anstatt ihnen hineinzufolgen, hielt er inne und wartete darauf, dass Stefan sich ihm anschloss.

»Wo hast du ihn gefunden?«, fragte sein Bruder.

»Das habe ich nicht. Er hat mich gefunden.«

»Hat er gesagt, was passiert ist?«

»Das hier.« Dominick hielt die Tüte hoch und der überwältigende Drang, daran zu riechen, überstieg beinahe die Grenzen seiner Selbstbeherrschung. »Aber er behauptet, dass er nicht derjenige war, der es gekauft hat.«

Stefan hob die Hände. »Sieh nicht mich an. Ich

trinke und rauche Zigaretten. Ich nehme keine Drogen.«

»Was auch immer es ist, es ist kein Gras.« Dominick hatte keine Ahnung, was es war, außer wohlriechend und wirksam. Wie sonst sollte er seine Empfindung im Wald erklären, dass er ein mächtiger Jäger war, der Gerüche wie ein Hund voneinander unterscheiden konnte.

»Vielleicht ist es Oregano«, scherzte Stefan.

Konnte Oregano dafür sorgen, dass er sich eine große Katze in seinem Schoß anstelle seines Bruders einbildete?

»Ich bezweifle, dass Oregano Tyson dazu gebracht hat, sich auszuziehen.«

»Du solltest es Raymond geben. Er kennt Leute, die es analysieren können. Vielleicht ist es eine neue Straßendroge.«

Vielleicht.

Was auch immer es war, es hatte hoch süchtig machende Eigenschaften, was der Grund war, warum er es mit Freuden seinem Bruder überreichte. Und dann ging er ins Bett.

Immerhin sollte er am nächsten Morgen arbeiten.

Gegen Mittag wurde er gefeuert.

KAPITEL ZWÖLF

Anika wachte am nächsten Morgen auf und streckte sich. Kein Wecker. Keine Arbeit heute. Die meisten Leute hatten die Wochenenden frei. Anika hatte Mittwoch und Freitag. Was ihr gut passte.

Dominick hatte gesagt, dass sie sich heute sehen würden.

Sie hatte noch nicht entschieden, was sie in Bezug auf ihn unternehmen sollte. Oder was sie über das dachte, was passiert war.

Da sie nicht der Typ war, der sich zwanglosen Affären hingab, hatte sie keine Ahnung, was die letzte Nacht bedeutete.

Bedeutete sie etwas?

Sie hatten keine Versprechungen gemacht. Im Gegenteil, sie hatte ihn kaum zu Wort kommen lassen, überwiegend aus Angst, dass er etwas Dummes sagen würde.

Konnte sie ihm glauben, wenn er sagte, dass er sich zu ihr hingezogen fühlte? Als hätte sie die Macht, jemandem den Verstand zu vernebeln. Dennoch hatte es etwas Berauschendes, wenn ein Mann wie er zugab, eine Schwäche für sie zu haben.

Und er war mit seiner Zunge unglaublich talentiert.

Sie erschauderte auf wohlige Weise und blieb beinahe im Bett, um zu masturbieren. Allerdings wusste sie nicht, wann sie ihn erwarten sollte, was bedeutete, dass sie den Morgen damit verbrachte, zu putzen und ihre Bettwäsche zu wechseln.

Er rief nicht an.

Er tauchte nicht auf.

Ein Blick in das Online-Arbeitsportal zeigte, dass er bis zum Abendessen zur Arbeit eingetragen war. Sie verbrachte den Nachmittag mit Backen. Dann badete sie, wobei sie sich die Zeit nahm, sich zu rasieren und zu zupfen, bis ihre Haut schmerzte. Es war schon eine Weile her, seit sie sich um ihren Intimbereich gekümmert hatte.

Der Abend kam.

Er nicht.

Sie aß allein. Es war köstlich. Ein Himbeer-

Walnuss-Salat mit gebratener Hühnerbrust und Blumenkohlreis.

Der Abend zog sich. Es wäre eine Untertreibung, sich als enttäuscht zu bezeichnen.

Sie hatte sich gerade damit abgefunden, ihn allein zu verbringen, als es an der Tür klopfte.

Ihr blieb das Herz stehen.

Er ist hier.

Sie strich ihr Haar glatt und nahm einen tiefen Atemzug.

Mit Schmetterlingen im Bauch öffnete sie die Tür mit einem Lächeln, nur um schockiert nach Luft zu schnappen.

»Du solltest nicht hier sein.«

Thomas stieß sie hinein und trat die Tür zu. »Erwartest du deinen Freund?«

»Ich habe keinen Freund.«

»Lügende Hure. Ich habe gesehen, wie er gestern Abend deine Wohnung verlassen hat.«

»Du hast mich ausspioniert?«, keuchte Anika.

»Scheiße ja, das habe ich. Weil ich weiß, dass du mich hinhältst.« Seine Augen waren blutunterlaufen. Sein Haar wirkte ungewaschen. »Gib mir dein Geld.«

»Bist du wahnsinnig? Welches Geld? Du hast alles und noch mehr genommen.«

»Wo ist der Rest?«

»Es gibt sonst nichts«, rief sie. »Jetzt verschwinde, sonst rufe ich die Polizei.«

Sie bewegte sich auf ihr Handy auf der Küchentheke zu, aber er stürzte sich auf sie. Packte sie. Schlug sie so hart gegen die Wand, dass ihre Zähne aufeinanderstießen.

Mit wildem Blick knurrte Thomas: »Ich brauche Geld.«

»Ich habe nichts. Lass mich in Ruhe.« Sie wehrte sich gegen seinen Griff. Auch wenn er sie nie zuvor geschlagen hatte, wirkte er heute Abend nicht ausgeglichen. Er grub seine Finger in ihre Arme und sie konnte Alkohol in seinem Atem riechen.

»Wo ist deine Bankkarte? Wie lautet deine PIN?«

Bevor sie ihm sagen konnte, er solle sich ins Knie ficken, dass er die elf Dollar und fünfundachtzig Cent auf ihrem Konto nicht bekomme würde, klopfte es erneut an der Tür.

Ihrer beider Blicke schwenkten dorthin.

»Annie, ich bin's.«

Dominick.

Sie öffnete den Mund, aber Thomas legte eine Hand auf ihren Mund, um sie zum Schweigen zu bringen.

Sie funkelte ihn an.

»Sag nicht ein verdammtes Wort«, flüsterte er.

Einen Scheiß würde sie tun. Sie biss ihn.

»Aua, du Schlampe.« Er ließ ihren Mund los und holte mit der Faust aus.

»Hilfe!«, schrie sie.

Die Tür flog auf und Dominick kam herein.

Groß. Gefährlich. Und wütend.

Thomas schaffte es nicht, den Schlag auszuführen, da Dominick sich zu schnell bewegte. Im einen Moment trat er ihre Tür ein. Im nächsten schleuderte er Thomas durch den Raum.

Bevor ihr Ex aufstehen konnte, stürzte Dominick auf ihn zu und zerrte ihn an seinem Hemd hoch. Er näherte sich seinem Gesicht und fragte: »Willst du sterben?«

»Du kannst mir nicht drohen«, keuchte Thomas.

»Ich werde dir nicht wehtun, weil ich es nicht muss. Ich habe gehört, die Mason-Brüder suchen nach der Person, die ihre Lieferung gestohlen hat.«

»Ich weiß nicht, wovon du sprichst.«

Doms Lächeln war kalt, als er sagte: »Das kannst du ihnen gern erzählen, wenn sie dich foltern, um den Aufenthaltsort herauszufinden.«

Thomas' Augen wurden groß. »Du kannst mich verdammt noch mal nicht erpressen.«

»Doch, das kann ich. Also, du entscheidest. Ist

die Schikane deiner Ex-Frau wichtiger als deine Finger und Zehen? Wie sehr hängst du an deinen Kniescheiben?«

»Du willst sie. Nimm sie. Sie ist Müll«, fauchte Thomas.

»Wohl eher der Schatz, den du nicht erkannt hast, Arschloch. Raus.« Dominick zerrte Thomas zur Tür und warf ihn wortwörtlich hinaus. Dann tat er sein Bestes, die Tür zu schließen, aber der zerstörte Türpfosten stellte sich als problematisch heraus.

»Oh, scheiße. Tut mir leid, dass ich sie kaputt gemacht habe.«

»Es muss dir nicht leidtun.« Sie war noch nie so froh gewesen, jemanden zu sehen. Sie hasste es, wie mühelos Thomas sie entwaffnet hatte. Wie sie zu kämpfen vergessen hatte, aus Angst, dass er noch mehr wegnehmen würde, als er bereits getan hatte.

Aber Dominick hatte keine Angst.

»Ich will ihn wirklich am liebsten umbringen«, murmelte er, als er sich hinkniete, um den Schaden zu begutachten.

»Ich würde mich nicht beschweren. Zum Teufel, ich würde dir sogar ein Alibi geben.« Sie zwinkerte.

Sein Lächeln war grimmig, als er sagte: »Darauf werde ich vielleicht zurückkommen. Aber bis dahin brauche ich einen Werkzeugkasten. Vorzugsweise einen Hammer.«

»Okay. Aber ich muss dich warnen, er ist pink.«

Außerdem war er in Kindergröße, zumindest seiner Meinung nach. Er arbeitete stumm daran, die Tür zu reparieren; was bedeutete, dass sie zusehen konnte.

Er war wirklich ein gut gebauter Mann. Und auch wenn er die meiste Zeit mürrisch dreinblickte, machte es die Art, wie er in ihrer Anwesenheit sanfter wurde, umso besonderer und attraktiver.

Als Dom mit der Reparatur der Tür zufrieden war, drückte er sie zu und schloss ab. Erst dann drehte er sich schließlich zu ihr um.

»Tut mir leid, dass ich zu spät kam. Ich bin zuerst in den Laden gegangen.«

»Es war mein freier Tag.«

»Dieses Wissen wäre nützlich gewesen«, grummelte er.

»Du hättest dir einfach den Plan im Laden ansehen können.«

»Der ist im Computer, und mit diesem Mist kann ich nicht gut umgehen. Du wirst es mir sagen müssen, und ich werde versuchen, mich daran zu erinnern.«

»Warum interessierst du dich für meine

Arbeitszeiten?« Niemals zu eifrig wirken. All die Artikel, die sie je gelesen hatte, behaupteten dies wie eine goldene Regel. Sich rarmachen. Distanziert sein. Ihn dafür arbeiten lassen. Nicht einfach den Slip auszuziehen und ihn anbrüllen, er solle die Klappe halten und loslegen.

Jeglicher bewusste Gedanke war dahin, als er sagte: »Ich wünschte, ich hätte es gewusst, damit ich den Abend mit dir hätte verbringen können.«

Eine Sekunde lang erfüllte sie Wärme. So süß. Und nett. Und ... dann verstand sie, warum er überhaupt aufgetaucht war. »Bist du hier, weil du unterbrochen wurdest? Ich sollte erwähnen, dass ich nicht daran glaube, Gleiches mit Gleichem zu vergelten. Gestern war ich in Stimmung. Heute Abend bin ich müde ...«

»Dann werden wir ins Bett gehen.« Er lächelte verschmitzt.

»Das war nicht, was ich gemeint habe.«

»Wäre es dir lieber, wenn wir auf der Couch rummachen?«

Sie reckte ihr Kinn. »Ich bin keine Sexpuppe. Vielleicht will ich mich unterhalten.«

Er ließ sich auf ihr Sofa fallen und breitete seine Arme auf der Lehne aus. »Okay. Worüber willst du reden?«

Verdammt, sie hatte nicht erwartet, dass er so

einfach kapitulieren würde. Sie überlegte. »Deinen Bruder. Hast du ihn gefunden?«

»Das habe ich.«

»Und?«, grummelte sie, wobei sie sich ihm gegenüber auf einen Stuhl setzte. Nicht so bequem wie ein Sofakissen oder sein Schoß.

»Der kleine Mistkerl dachte, es wäre eine gute Idee, irgendeine unbekannte Substanz zu rauchen. Im Wald, allein. Letzten Endes hatte er heftige Halluzinationen. Er hatte Glück, dass er nicht verletzt wurde.«

»Aber es geht ihm gut?«

»Ja. Aber er hatte einen ziemlichen Rausch. Hat sich nackt ausgezogen und ist ungefähr eine Stunde lang umhergelaufen. Er sagt, er würde sich an nichts erinnern.«

»Was zur Hölle hat er geraucht?«

»Das ist das Merkwürdige. Mein Bruder Raymond hat Kontakte, also hat er die Tüte Cannabis an seinen Kumpel geschickt, der schwört, dass es Katzenminze ist.«

»Katzenminze macht Menschen nicht high.« Sie rümpfte die Nase.

»Das habe ich auch gesagt. Ich sollte hinzufügen, dass ich an dem gerochen habe, was in der Tüte war. Es war definitiv mehr als nur Katzenminze.«

»Wurdest du auch high?«, fragte sie.

»Ein wenig, ja«, gab er zu.

»Okay, das ist seltsam. Ich hätte schwören können, dass ich einmal einen Artikel gelesen habe, in dem stand, dass Katzenminze keine Auswirkungen auf Menschen hat.« Eine kurze Suche auf ihrem Handy bestätigte diese Wahrheit nur.

Dom runzelte die Stirn. »Das ergibt keinen Sinn, denn Rays Freund schien sich ziemlich sicher zu sein.«

Sie tippte sich auf die Unterlippe, dann sagte sie: »Ich habe eine Idee. Warte kurz hier.«

Sie brauchte nur ein paar Minuten, um an der Tür ihres Nachbarn zu klopfen, bevor sie mit einer Sprühflasche zurückkam.

Er beäugte sie. »Was ist das?«

»Flüssige Katzenminze. Maureen, meine Nachbarin, hat mindestens vier Katzen. Ich dachte, dass sie vielleicht welche dahätte.« Sie sprühte es in die Luft und roch daran. Sie rümpfte die Nase. »Nicht gerade appetitlich.«

Und doch war er, während sie das sagte, von der Couch gerutscht und auf den Knien vor ihr gelandet, die Augen geschlossen und das Gesicht nach oben gereckt.

»Wovon sprichst du? Dieser Geruch …

verdammt, der ist gut.«

Es war seltsam, wie er gleichzeitig sanfter und doch härter wurde. Sie sprühte es erneut in die Luft und er fing es mit seiner Haut auf, bevor er einatmete und die Luft mit einem tiefen Knurren wieder ausstieß.

Als er die Augen öffnete, lag Wildheit in ihren Tiefen.

»Annie.« Er schnurrte ihren Namen.

»Geht es dir gut?«, fragte sie.

»Es ging mir noch nie besser.« Er legte seine Hände auf ihre Hüften und presste sein Gesicht an ihre Leiste. Blies heiße Luft durch ihre Hose. Sie schnappte nach Luft und vergrub die Finger in seinem Haar.

Durch den Stoff hindurch knabberte er an ihr, woraufhin sie stöhnte und zu schwanken begann.

»Wo ist das Bett?« Bevor sie antworten konnte, war er aufgestanden und nahm sie in die Arme.

Er küsste sie, während er die Tür zu ihrem Schlafzimmer fand und sie vorsichtig hinlegte.

Wobei er sie immer noch küsste.

Es lag eine Attraktivität in seinen Handlungen, eine unbekümmerte Hingabe, als er ihr das Hemd auszog und in seiner Eile knurrte. Besonders, als es hängenblieb und sie ihm helfen musste.

Ihre Brüste wurden von ihrem Lieblings-BH

bedeckt, den sie erwartungsvoll angezogen hatte. Sie war froh, dass sie sich vor seiner Ankunft nicht umgezogen hatte.

Er vergrub sein Gesicht zwischen ihren Brüsten und atmete tief ein.

»Bist du sicher, dass das für dich in Ordnung ist?«

Tatsächlich war es vermutlich keine gute Idee, mit ihm zu schlafen, aber das war ihr egal. Er machte sie verrückt. Er löste Verlangen in ihr aus.

Und sie würde sich nehmen, was sie wollte.

Sie war an der Reihe, an seinem Hemd zu zerren, da sie die Härte seiner Muskeln auf sich spüren wollte. Ihre Hosen landeten taumelnd auf dem Boden, wobei sie auch ihre Unterwäsche verlor.

Es gab keine Unbehaglichkeit, die gelegentlich auftrat, wenn sich zwei Liebende zum ersten Mal nackt auszogen. Er war gebaut wie ein Schrank. Alles war fest.

Und er schien ihren Körper zu lieben. Nicht nur seine Hände verehrten sie. Sein Blick brodelte. Sein Schwanz …

Er wippte auf und ab, hart und mehr als bereit.

Er berührte ihren Schritt und knurrte. »Feucht.«

Er bewegte sich, bis sein Gesicht auf einer

Höhe damit war. Sie griff nach seinem Haar, als er ihre Oberschenkel spreizte.

»Du riechst so gut«, flüsterte er gegen ihre Schamlippen.

Sein erstes Lecken war langsam und lang. Sie erschauderte und seufzte seinen Namen. »Dom.«

Er bearbeitete sie mit der Zunge, was sie erzittern ließ. Ihre Hüften kreisten. Sie grub ihre Fingernägel in seine Kopfhaut.

Sie schrie auf, als er seine Zungenspitze heftig schnellen ließ und ihre Klitoris damit reizte.

So gut.

So, so gut.

Sie schnappte nach Luft und wand sich.

Er streichelte sie weiter, bis sie ihren ersten Orgasmus hatte. Sie schrie auf und ihr Rücken wölbte sich. Der Höhepunkt durchströmte sie und er leckte weiter. Bis sie zu wimmern begann.

Begierig.

»Dom.« Sie stöhnte seinen Namen.

»Gib mir eine Sekunde«, knurrte er. Sie hörte das Rascheln von Plastik und unter vor Leidenschaft schweren Lidern hervor sah sie ihm zu, wie er ein Kondom überzog.

Als er fertig war, sah er ihr in die Augen und grummelte: »Mein.«

Besitzergreifend und sexy.

Er knetete ihre Pobacken, zog sie an die Bettkante und hob sie in die richtige Höhe. Er stieß sie mit seiner Erektion an und rieb mit der geschwollenen Spitze über ihre feuchten Lippen. Er reizte sie beide.

»Dom.« Diesmal verließ sein Name ihren Mund mit einem tiefen, kehligen Geräusch.

Er glitt in sie hinein und sie wölbte erneut den Rücken. Mit stockendem Atem spürte sie, wie er sie ausdehnte. Sie ausfüllte. So perfekt.

Ihre Beine waren locker um seine Taille gelegt und sie ließ ihn die Geschwindigkeit kontrollieren. Er hielt sie fest und stieß mit einer Langsamkeit in sie hinein, die sowohl unerträglich als auch umwerfend war.

Er drang ein und zog sich hinaus, was eine wunderbare Reibung verursachte, die sich plötzlich in Druck verwandelte, als er tief hineinglitt und dann nur noch seine Hüften kreisen ließ, wobei er sich an ihr rieb.

Und den idealen Punkt traf.

Immer und immer wieder.

Bis sie über seine Schultern kratzte.

Erst als sie schrie und an seinem Schwanz kam, stieß er wieder zu, um die Wellen ihres Orgasmus in die Länge zu ziehen und ihn dann noch zu verstärken.

Noch nie war sie fast zu Tode befriedigt worden.

Und es dauerte eine Weile, bis sie auf die Erde zurückkehrte. Wo sie an ihn gedrückt in seinen Armen lag, mit seinem Gesicht in ihrem Haar.

Ein kluger Mann, er sagte kein Wort. Er kuschelte nur.

KAPITEL DREIZEHN

Mitten in der Nacht wachte Dominick mit großem Durst auf. Vorsichtig, um Anika nicht zu wecken, schlüpfte er aus dem Bett und ging leise in die Küche.

Während er sich am Wasserhahn ein Glas füllte, bemerkte er die dämliche Flasche mit der Katzenminze darin. Vorhin war nur ein Sprühstoß nötig gewesen, um ein wenig die Kontrolle zu verlieren und Anika zu vernaschen – nicht dass er dazu viel Ermunterung gebraucht hätte.

Beeinflusste es ihn wirklich? Anika war nicht hier, um ihn abzulenken. Er hob die Flasche an seine Nase und roch kräftig daran. Absolut fantastisch. Kein Wunder, dass Katzen es liebten.

Bevor er seinen Verstand infrage stellen konnte, goss er ein wenig – alles – davon in sein Wasserglas und trug es zum Fenster, wo er hinausspähte. Zu dieser Nachtzeit schlummerten alle in der Gegend, die Straßenlaternen beleuchteten nur leere Gehwege.

Fast leere.

Er sah das Aufflackern einer Zigarette. Jemand, der eine rauchte. Keine große Sache. Er trank einen Schluck seines Wassers.

Mmm. Lecker.

Die Person mit der Zigarette bewegte sich, wodurch ihr Gesicht sichtbar wurde.

Was zur Hölle? Es war dieses Arschloch Thomas.

Er trank einen weiteren Schluck, dann noch einen. Er leerte das ganze Glas, bevor er hinausging und erst, als die kalte Luft ihn traf, bemerkte er, dass er immer noch nackt war.

Es war ihm egal. Als Thomas den Mund öffnete, um »Was zum Teufel?« zu sagen, erschien es nur natürlich, zu knurren. Dann verfolgte er den flüchtenden Mann.

DOMINICK WACHTE mit Anika in den Armen auf. Zufrieden. Warm. Ein guter Ort, wenn man seinen seltsamen Traum bedachte. Er hatte geträumt, dass er jagte, eine leichtfüßige Beute, die aber nicht so schnell war wie er.

Anika rührte sich, woraufhin er seine Hand von ihrer nackten Hüfte zu ihrem Schritt gleiten ließ. Er berührte sie, und sie stieß ein leises Seufzen aus und rieb ihre Hüften an ihm.

»Bist du wach?«, flüsterte er in ihr Haar.

»Kaum.«

»Dabei kann ich dir helfen.« Er spreizte ihre Oberschenkel und ließ seinen Finger weit genug hineingleiten, ums sie zu streicheln, wobei er feststellte, dass sie bereits feucht war.

Sie stöhnte, als er seine Hand durch seinen Schwanz ersetzte und seinen Arm um ihre Taille legte, um sie an sich zu drücken, während er zärtlich in sie stieß. Als er spürte, wie er sich dem Höhepunkt näherte, landete sein Finger auf ihrer Klitoris und rieb sie. Er rieb sie, bis er merkte, wie sie sich um ihn herum anspannte und seinen eigenen Orgasmus auslöste.

Er hielt sie fest, während sie sich von ihrem Höhepunkt erholten. Er wäre glücklich damit, den Tag mit ihr im Bett zu verbringen, aber sie wand sich.

»Ich muss duschen.«

»Klingt nach einem vorzüglichen Plan.«

Sie warf ihm einen Blick über ihre Schulter

hinweg zu, als sie sich aufsetzte. »Die Dusche ist nicht groß genug für zwei Personen.«

»Dann werde ich zusehen«, war seine Antwort, begleitet von einem verschmitzten Grinsen.

Sie wurde rot.

Verdammt, er war bis über beide Ohren in dieses Mädchen verliebt.

Er sah ihr beim Duschen zu. Dann leckte er sie, bis sie erneut kam. Aber als er sie zurück ins Bett gezerrt hätte, schüttelte sie den Kopf.

»Ich kann nicht. Ich arbeite von eins bis neun, was bedeutet, dass ich heute Morgen meine Wäsche waschen muss.«

»Ich werde dir helfen.«

»Was? Nein.«

Aber er akzeptierte keine Widerworte. »Ist das dein Korb?« Er zeigte darauf.

»Ja.«

»Wo ist deine Waschmaschine?«

»Ich habe keine. Ich gehe in den Waschsalon.«

Er verzog das Gesicht. »Heute tust du das nicht. Wir fahren zu mir nach Hause.«

»Ich bin mir ziemlich sicher, dass deine Mutter nicht möchte, dass ich ihre Waschmaschine benutze.«

»Warum nicht?«

»Wegen der Abnutzung ihrer Maschine,

zusammen mit den Stromkosten.« Sie verdrehte die Augen, als wäre es offensichtlich.

Sie kannte seine Mutter nicht sehr gut. »Zum einen würde sie sich wirklich nicht darum scheren. Und zum anderen, wenn du dich damit besser fühlst, kann ich ihr die Münzen geben, mit denen du im Salon bezahlt hättest.«

»Wenn du nicht mit in den Waschsalon kommen willst, dann ist das in Ordnung. Ich habe kein Problem damit, es allein zu machen.«

Er beugte sich zu ihr. »Ich habe nie etwas von Problem gesagt. Wenn du wirklich darauf bestehst, gehen wir in deinen Waschsalon, aber bei mir gibt es vielleicht Kekse oder Brownies.«

»Musst du nicht zur Arbeit?«, fragte sie.

»Nein.« Dann fügte er hinzu: »Vielleicht wurde ich gefeuert.«

Ihr Mund wurde rund. »Das liegt an Thomas oder nicht?«

»Irgendwie. Scheinbar hat er sich in der Zentrale beschwert und als der Marktleiter mich darum gebeten hat, ihn nicht erneut zu bedrohen, habe ich irgendwie gesagt, dass ich dieses Versprechen nicht geben könnte.«

Eigentlich waren seine genauen Worte gewesen: »*Wenn dieser Scheißkerl noch einmal auftaucht, um*

Anika zu belästigen, werdet ihr seine Leiche möglicherweise in einem Müllcontainer finden.«

»Es tut mir leid.«

»Das muss es nicht. Ich werde einen anderen Job finden.«

Ein Klopfen an der Tür veranlasste sie dazu, die Augenbrauen zusammenzuziehen. Er spannte sich an.

»Ich nehme an, du erwartest niemanden?«, fragte er.

Sie schüttelte den Kopf.

»Ich werde aufmachen.«

Sie legte ihre Hand auf seinen Arm. »Was, wenn es Thomas ist?«

Die Angst in ihr reizte ihn. »Es ist besser nicht dieser Mistkerl.« Er riss die Tür auf und fand sich zwei Polizisten gegenüber wieder.

»Kann ich Ihnen helfen?«, fragte Dominick mit freiem Oberkörper, aber mit einer Hose bekleidet. Die Polizistin beäugte ihn kühl, aber der junge Kerl lächelte und zwinkerte.

»Wie suchen nach Anika Mandelson.«

»Das bin ich. Kann ich Ihnen helfen?« Dominick konnte die Furcht in ihrer Stimme hören.

»Kennen Sie einen Thomas Fitzpatrick?«

»Ja. Er ist mein Ex-Mann.« Sie zog die Mundwinkel nach unten. »Worüber hat er sich diesmal beschwert?«

»Wann haben Sie ihn das letzte Mal gesehen?«

»Gestern Abend. Er ist hier aufgetaucht und wollte Geld haben.« Sie ließ den Teil aus, an dem Dominick erschien und den Mistkerl dabei vorfand, wie er sie bedrohte.

»Und?«, fragte die Polizistin mit dem Schild, auf dem *Ramirez* stand.

Anika schürzte die Lippen. »Sonst gibt es nichts zu sagen. Ich habe Nein gesagt. Er ist gegangen.«

»Um welche Uhrzeit ist er gegangen?«

Sie zuckte die Achseln und sah Dominick an. »Du kamst, als er ging. War das um neun oder um zehn?«

»Eher zehn«, erwiderte er. »Er ist gegangen, als ich erschienen bin.«

»Und Sie sind?«, fragte die Polizistin.

Er warf sich in die Brust, als er sagte: »Dominick Hubbard. Ihr Freund.« Er legte einen Arm um ihre Taille, um sie an sich zu ziehen.

Anika protestierte nicht. »Worum geht es denn?«

»Mr. Fitzpatrick wurde letzte Nacht angegriffen. Es ist schlimm. Aktuell befindet er sich auf der Intensivstation.«

»Was?« Dann wurden ihre Augen groß, als sie

rief: »Ich war es nicht.« Als Ramirez den Blick auf Dominick richtete, fügte Anika schnell hinzu: »Und Dom war es auch nicht. Wir waren die ganze Nacht über zu Hause.«

»Können Sie das beweisen?«

Dom grinste ein wenig anzüglich, als er sagte: »Wie viele kürzlich benutzte Kondome würden Sie als Beweis akzeptieren?« Was ihn daran erinnerte, dass er heute Morgen eins vergessen hatte – etwas, worüber er sich später Sorgen machen konnte.

Die Polizistin schürzte die Lippen. »Besitzen Sie eine Katze?«

»Eine Katze?« Sie rümpfte die Nase. »Nein. Ich bin eher ein Hundemensch, aber Thomas hat Jackson bei der Scheidung bekommen.«

»Sind Sie sicher, Miss Mandelson? Denn Mr. Fitzpatrick war sehr davon überzeugt, dass Sie und Ihr Freund irgendeine große Katze aus Ihrer Wohnung gelassen hätten, von der er angegriffen wurde.«

»Warten Sie einen Moment. Dieses Arschloch ist mit einer streunenden Katze aneinandergeraten und hat ein paar Kratzer abbekommen, und Sie geben Anika die Schuld?« Dominick konnte seine Ungläubigkeit nicht verbergen.

»Sie war größer als eine Hauskatze. Seine

Fleischwunden passen zu seiner Behauptung, dass ihn ein Panther angegriffen hätte.«

Anika lachte. »Oh mein Gott. Das kann nicht Ihr Ernst sein. Ich weiß nicht, was Thomas diesmal getan hat, aber ich versichere Ihnen, ich halte keine exotischen Tiere in meiner Wohnung.«

»Dann wird es Ihnen nichts ausmachen, wenn wir uns umsehen?«

Sie schüttelte den Kopf und trat zur Seite. »Bitte sehr.«

Normalerweise hätte Dominick ihr davon abgeraten, Fragen stellende Polizisten in ihre Wohnung zu bitten, aber in diesem Fall hatte sie nichts zu verbergen.

Die Beamten gingen durch die Wohnung, was nicht lange dauerte. Dominick und Anika verblieben in der Küche, wo sie darauf warteten, dass der Kaffee fertig wurde, was der Moment war, in dem er die Flasche mit der Katzenminze auf der Anrichte sah.

Leer. Weil er sie getrunken hatte. Seltsam. Er gab einer Veränderung seiner Geschmacksnerven durch seine Zeit im Ausland die Schuld. Er warf die Flasche in den Müll, während er ihnen beiden eine Tasse Kaffee eingoss.

Die Polizisten kehrten bald von ihrer Durchsuchung des Schlafzimmers und Badezimmers zurück, um sich schnell in der Küche umzusehen, die kaum groß genug für zwei Personen war.

Ramirez war noch nicht fertig. »Haben irgendwelche Ihrer Nachbarn Haustiere?«

»Mrs. Hyde im Stockwerk darüber hat ein paar Katzen, aber die größte davon, Floof, ist alt und auf einem Auge blind. Außerdem darf er nicht raus. Und er sieht einem Panther überhaupt nicht ähnlich, da er weiß ist und einen braunen Fleck zwischen den Augen hat.«

»Was ist mit ihren anderen Katzen?«

»Klein und ebenfalls keine Freigänger.«

»Danke für Ihre Zeit, Miss Mandelson. Sie sollten sich darüber im Klaren sein, dass wir möglicherweise mit weiteren Fragen wiederkommen werden.«

»Vielleicht sollten Sie sich lieber Thomas' Bekanntenkreis ansehen, anstatt Zeit damit zu verschwenden, bei meiner Freundin herumzuschnüffeln. Wie man hört, hat er ein Problem mit Glücksspielen«, sagte Dominick. Zumindest hatte Raymond ihm das so wiedergegeben, als er ihn um Nachforschungen gebeten hatte. Er wollte potenzielle Probleme kennen.

Die Polizei ging und Anikas Schultern sackten zusammen. »Ich schwöre, mit diesem Mann ist es ein endloses Drama. Mich beschuldigen, ich hätte eine Raubkatze auf ihn losgelassen? Was zur Hölle soll das?«

»Merkwürdig«, stimmte Dominick zu, aber es war auch verstörend, denn es erinnerte ihn an seinen Traum.

Einen Traum, in dem er ein Jäger war und sich an eine Beute heranpirschte, die Thomas' Gesicht hatte.

Er beäugte den Mülleimer, in den er die Flasche mit der Katzenminze geworfen hatte. Warum hatte er sie getrunken? Und was war danach passiert? Denn er erinnerte sich nicht daran, ins Bett zurückgekehrt zu sein.

Allerdings erinnerte er sich daran, sich die Hände gewaschen zu haben – um sie von Blut zu befreien.

KAPITEL VIERZEHN

Erschöpft durch den Besuch der Polizei weigerte Anika sich nicht, als Dom darauf bestand, ihre Wäsche bei ihm zu waschen. Wenn er sich zu Tode langweilen wollte, während er ihr dabei zusah, wie sie sortierte, wusch und faltete, dann konnte er das tun.

Sein Interesse an ihr verstand sie immer noch nicht.

Zum Teufel, es fiel ihr immer noch schwer, ihre Gefühle für ihn zu verstehen, aber sie konnte nicht leugnen, dass sie sich mit ihm fantastisch fühlte. Begehrenswert. Beschützt.

Aber gleichzeitig machte sie sich Gedanken über ihn. Sie hatte nicht die Tatsache erwähnt, dass sie mitten in der Nacht aufgewacht und er nicht im Bett gewesen war.

Auf der anderen Seite war er kein wildes Tier, also selbst wenn er rausgegangen wäre, hätte er nicht Thomas' Angreifer sein können. Und sie sah ihn nicht als den Typen, der sich die Mühe machen würde, einen Panther aus dem Zoo zu stehlen und für den Angriff freizulassen. Ottawa hatte nicht einmal einen Zoo, also war die Wahrscheinlichkeit groß, dass Thomas gelogen hatte.

»Du bist nachdenklich«, bemerkte Dom, dessen Hand auf ihrem Oberschenkel lag, während sie fuhr.

Sie biss sich auf die Lippe, bevor sie hervorplatzte: »Ich bin letzte Nacht wach geworden und du warst weg.«

»Ich hatte Durst.«

»Oh.«

»Anika.« Er sagte ihren Namen sanft, woraufhin sie ihm einen kurzen Blick zuwarf. »Auch wenn ich deinen Ex nicht mag, habe ich ihn nicht angegriffen. Es war kein Scherz, als ich sagte, er hätte viele Feinde.«

»Ich glaube dir. Ich wünschte nur, er würde mich in Ruhe lassen.« Sie stieß einen müden Atemzug aus.

Er drückte ihr Bein. »Verlier nicht die Hoffnung. Vielleicht wird das der Weckruf sein, den er braucht, um die Stadt zu verlassen, bevor seine

Feinde sich das nächste Mal für Schlimmeres entscheiden.«

»Schön wär's«, grummelte sie.

Als sie das Haus erreichten, bemerkten sie einen niedergeschlagenen Teenager, der auf der Veranda saß.

»Tyson, was machst du hier? Solltest du nicht in der Schule sein?«, fragte Dominick, der aus dem Wagen ausstieg. Er hatte noch nicht darum gebeten, selbst zu fahren, und auch wenn sie nicht vergleichen sollte, tat sie es mit Thomas, welcher der Meinung war, dass Frauen aufgrund mangelnder Fähigkeiten nicht hinter das Steuer gehörten.

»Nana bringt mich zum Arzt, um ein paar Tests machen zu lassen. Sie will sehen, ob sie herausfinden können, was neulich mit mir passiert ist.«

»Du warst high. Du brauchst weder eine Untersuchung noch einen Bluttest, um das festzustellen.«

Tyson zuckte die Achseln. »Sie sagt, sie will sichergehen, dass bei mir nichts geschädigt ist.«

»Unwahrscheinlich. Wenn Katzenminze gefährlich wäre, dann würde es nicht in Geschäften verkauft werden.«

Vielleicht nicht gefährlich, aber Dom hatte

zweifelsohne Frühlingsgefühle bekommen, nachdem er gestern Abend daran gerochen hatte.

»Sie denkt, es war mit etwas gestreckt«, erwiderte Tyson.

Worauf Dom antwortete: »Das war es vermutlich, was ein weiterer Grund ist, warum du es nicht hättest rauchen sollen. Ich weiß immer noch nicht, was du dir dabei gedacht hast, dir mit einer unbekannten Substanz einen Joint zu drehen. Was, wenn es Gift gewesen wäre? Du hättest sterben können.«

»Ich weiß.« Es war ein leises Murmeln, während Tyson den Kopf hängen ließ.

Mrs. Hubbard kam heraus und fragte: »Bist du bereit?« Dann fügte sie überrascht hinzu: »Na, hallo, Anika. Wie schön, dich zu sehen.«

»Hallo, Mrs. Hubbard.«

»Bitte, nenn mich Nana.«

»Okay«, stimmte sie zu, auch wenn es gegen alles ging, was ihr als Kind beigebracht worden war. Man nannte ältere Erwachsene nicht beim Vornamen.

»Oh, und bevor ich es vergesse, was machst du an Thanksgiving?«, fragte Nana.

»Mit uns essen«, antwortete Dom für sie.

»Tue ich das?«

»Es sei denn, du hast Pläne«, warf Nana ein.

Sie schüttelte den Kopf.

»Fantastisch. Bring Appetit mit, denn ich mache dieses Jahr einen Turducken, zusammen mit Schinken und einem Rinderbraten.«

»Und Fleischpastete!«, sagte Dom, der auf den Kofferraum von Anikas Wagen zuging und ihren Korb mit dreckiger Wäsche herausholte.

»Ich schwöre, du bist von Fleischpastete besessen«, gab Nana mit liebevoller Verzweiflung zurück.

»Weil es das Beste überhaupt ist.« Mit dem Wäschekorb in den Händen ging Dom auf der Treppe an seiner Mutter vorbei. »Ich habe Annie gesagt, sie könne ihre Wäsche hier waschen, anstatt in einen Waschsalon zu gehen.«

»Dom hat darauf bestanden. Ich kann damit in die Stadt fahren«, fügte Anika schnell hinzu.

»Sei nicht albern. Du solltest deine Unterwäsche nicht mit Fremden waschen.«

»Danke. Ich habe mein eigenes Waschmittel mitgebracht«, sagte sie.

Mrs. Hubbard prustete. »Du bist viel zu höflich. Dominick könnte von dir die ein oder andere Lektion lernen.«

»Keine Sorge, Mom. Sie hat mir allerhand Dinge beigebracht.« Er zwinkerte Anika zu, die rot wurde.

Seine Mutter strahlte. »Bleibst du zum Mittagessen?«

»Besser nicht. Ich muss um eins bei der Arbeit sein.«

»Na dann, sei nicht schüchtern in der Küche. Ich habe ein paar Leckerbissen, von denen du essen kannst. Dom, sorge dafür, dass sie gefüttert ist, bevor sie geht.«

»Wie lange wirst du weg sein?«, fragte Dom, als er die Tür aufhielt und auf Anika wartete.

»Mindestens eine Stunde. Hängt davon ab, wie viele Tests sie machen.«

Als Tyson seiner Mutter zu dem himmelblauen Minivan folgte, blickte er über seine Schulter und flüsterte: *Rette mich.*

Dom grinste und rief dann: »Du solltest ihnen sagen, sie sollen seine Prostata kontrollieren.«

Tysons Augen wurden groß. Lachend ging Dom voran ins Haus.

Da Anika bei diesem Besuch etwas weniger nervös war, sah sie sich genauer um als beim letzten Mal. Sie bemerkte die frisch gestrichenen Wände und die alten Holzböden mit ihrem leichten Schimmer. Fotos schmückten die Wand im Flur, in verschiedenen Rahmen und mit Bildern von Kindern – Dom und seine Familie.

Sie blieb vor einem stehen, das einen Jungen

mit Zahnlücken zeigte, dessen Fuß auf einem Fußball ruhte. »Bist das du?«

Er grinste. »Ja. Mehrere Jahre hintereinander der Beste in meinem Team, bis ich mir das Bein gebrochen habe.«

»Aua. Wie ist das passiert?«

»Ich bin von der Scheune in einen Heuballen gesprungen.«

Sie richtete ihre aufgerissenen Augen auf ihn. »Das ist gefährlich.«

»Ach was. Besonders, wenn man den Heuballen verfehlt.«

Die Waschmaschine und der Trockner standen im Vorraum hinter der Küche, was bedeutete, dass sie durch einen himmlischen Duft hindurchgingen. Auf der Anrichte stand ein Tablett mit etwas, das nach Zimtschnecken aussah, die in Glasur ertranken, die immer noch flüssig war, da sie auf die heißen Leckerbissen gegossen worden war.

»Oooh. Die mag ich am liebsten.« Dom stöhnte fast genauso lusterfüllt wie unter der Dusche an diesem Morgen, als sie ihn in den Mund genommen hatte. Das Pulsieren zwischen ihren Beinen bestätigte die Tatsache, dass er sie als köstlicher empfand als seinen Leckerbissen.

Er stellte den Korb ab und beugte sich über die Zimtschnecken, die Augen vor Begeisterung geschlossen, während er einatmete. »Willst du eine?«

»Sicher.«

Fachmännisch schob er eine klebrige, immer noch warme Zimtschnecke auf einen kleinen Teller. Sie hielt den Rand des Tellers an ihren Mund und riss mit den Zähnen einen Bissen des Gebäcks ab.

Sie stöhnte beinahe so laut, wie sie es mit seinem Gesicht zwischen ihren Oberschenkeln getan hatte.

»Mein Gott, die sind gut.« Sie konnte nicht umhin, jeden köstlichen Bissen zu genießen. Als sie fertig war, dachte sie ernsthaft darüber nach, den Teller abzulecken.

Er nicht. Seine Zunge ließ die Glasur verschwinden und sie tat es ihm gleich.

»Das war unglaublich gut«, sagte sie, bevor sie seinem Beispiel folgte und den Teller in die Spülmaschine stellte.

»Das war es. Aber wir müssen es uns einteilen. Erst die Wäsche, bevor wir noch eine essen.«

»Noch eine?« Sie konnte ihre Freude nicht unterdrücken.

»Du bist so verdammt süß.« Er zog sie für einen Kuss an sich und biss in ihre Unterlippe, was sie dahinschmelzen ließ. Angesichts des Vergnügens wünschte sie sich jetzt irgendwie, sie wäre vor all den Jahren nicht so voreilig gewesen. Sicher, seine Methoden mochten geschmacklos sein, aber verdammt, der Mann setzte ihre untere Region in Flammen.

Und die Magazine behaupteten, man könnte einem Mann neue Tricks beibringen. In ihrem Fall konnte sie ihm die Benimmregeln der heutigen Welt beibringen.

Er löste sich aus der Umarmung und sagte mit schroffer Stimme: »Wir sollten vermutlich mit der Wäsche anfangen, bevor ich dich auf dieser Anrichte nehme und Schwierigkeiten mit meiner Mutter bekomme.«

Wie falsch war es, dass sie wollte, dass er genau das tat?

Die Waschküche war eigentlich ein Vorraum mit einer Tür, die in den Garten führte. Fügte man diesem extrem kleinen Raum jedoch einen großen Mann hinzu, dann konnte sie gar nicht anders, als sich seiner bewusst zu sein.

Dom sah zu, wie sie das Waschmittel abmaß und für die erste Ladung ihre helle Wäsche in die Waschmaschine gab. Erst als sie fertig war, zog er sie für einen weiteren Kuss in seine Arme.

»Willst du dich die Treppe hinauf in mein Zimmer schleichen?«, flüsterte er an ihrem Mund.

Das wollte sie, aber ... »Was, wenn uns jemand hört?«

»Raymond ist vermutlich im Keller. Keine Sorge, er wird uns nicht stören.«

Auch wenn es verlockend war, lehnte sie ab. »Ich kann nicht. Es ist zu merkwürdig für mich.«

Er seufzte traurig.

Sie lachte. »Wir könnten stattdessen einen Spaziergang machen.« Sie hatte einen Weg bemerkt, der in den Wald führte.

»Lass uns gehen.« Er zog sie zur Tür und öffnete sie, aber dann rief er: »Verdammt!«

»Was ist los?« Sie spähte um ihn herum und fand die Welt nass und kalt vor. Der Regen beendete den Spaziergang, bevor er überhaupt begonnen hatte.

So viel dazu, dass es mit Sex endete.

Die Enttäuschung war real.

»Ich weiß nicht, wie es dir geht, aber ich könnte noch eine Zimtschnecke vertragen«, schlug er vor.

»Ja!« Sie zerrte ihn förmlich in die Küche, genauso begierig darauf, noch eine zu essen.

Nur um zu hören, wie er »Nein!« rief.

Schockierenderweise war das Blech in den Minuten, in deren sie weg gewesen waren, geleert worden. Nur noch Spuren der Glasur blieben zurück.

Die dennoch köstlich war, wenn man sie mit dem Finger aufnahm und ableckte. Sie fuhr erneut mit dem Finger durch den Zucker und hielt ihn an seine Lippen.

Er saugte daran. Langsam. Erotisch. Ihre Zehen krümmten sich, während sie das Gewicht auf ihre Fersen verlagerte.

Mmm.

Vielleicht sollte sie mit ihm nach oben gehen.

»Kumpel, nehmt euch ein Zimmer.«

Sie zog sich zurück und trat von Dom weg, wobei sie sich so abrupt bewegte, dass sie auf dem Boden gelandet wäre, wenn er sie nicht mit dem Arm festgehalten hätte.

Doms Blick wurde finster. »Tolles Timing, Ray.«

»Besser ich als Mom.«

»Mom ist mit Tyson zum Arzt gefahren, und das weißt du.«

Raymond grinste. »Stimmt.«

»Hast du auch alle Zimtschnecken gegessen?«

»Du weißt, dass ich mehr auf Proteine stehe.«

»Maeve«, grummelte er. »Sie hat einen Spürsinn für alles, das Zimt enthält.«

»Wer zuerst kommt, mahlt zuerst.« Raymond zuckte die Achseln. »Hör zu, ich bin nicht nur nach oben gekommen, um dein Sexleben zu boykottieren. Ich muss dir etwas zeigen.«

Sexleben?

Oh Gott.

Die Verlegenheit verdreifachte sich.

Sie wollte sich aus seinem Arm befreien, aber er hielt sie fest.

»Muss das jetzt sein?«

»Ja.« Raymond warf ihr einen Blick zu. »Allein.«

Das war ihr Stichwort. »Ich sollte nach meiner Wäsche sehen.«

Sie war noch nicht ganz fertig, weshalb sie sich auf die Waschmaschine setzte und ihr Handy herausholte, nicht dass es dort viel zu sehen gäbe. Wegen Thomas hatte sie alle ihre Konten in den sozialen Medien löschen müssen.

Als Dom zu ihr kam, stellte er sich mit begierigen Händen zwischen ihre Beine.

»Alles in Ordnung?«, fragte sie.

»Ja.«

Er klang nicht so.

»Was ist los?«

»Nichts.«

Sie runzelte die Stirn. »Erzähl keinen Mist.« Sie glitt von der Waschmaschine.

»Wo gehst du hin?«

»Weg von jemandem, der mich anlügt.« Denn er war offensichtlich beunruhigt.

Er seufzte. »Ich lüge nicht, ich versuche eher,

etwas völlig Chaotisches zu verarbeiten.«

Sie zog eine Augenbraue hoch, mehr nicht.

Er redete weiter. »Und du hast recht. Wenn wir zusammen sein wollen, dann gibt es keine Geheimnisse. Das, was ich gleich sagen werde, ist hart für mich. Beim Militär werden wir darauf trainiert, über nichts zu reden.«

»Ich frage dich nicht nach Militärgeheimnissen. Ich will wissen, warum du so beunruhigt wirkst.« Denn es bereitete ihr Sorgen.

»Ich werde es erklären, aber gleichzeitig müssen wir eine Besorgung machen.«

»Jetzt?«

Er nickte.

»Aber meine Wäsche ...«, protestierte sie.

»Die wird gewaschen. Ich werde Raymond eine Nachricht schicken, damit er sie austauscht.«

Ein anderer Mann sollte ihre Wäsche machen? »Ich –«

Er zog sie an sich und küsste sie. Das ließ sie verstummen.

Die Umarmung ging zu schnell zu Ende, dann nahm er sie bei der Hand und zerrte sie hinter sich her.

»Wo gehen wir hin?«, fragte sie, als sie zu ihrem Wagen liefen.

»Tierhandlung.«

»Wozu?«, fragte sie.

»Weil ich Katzenminze brauche.«

Sie hielt inne. »Darf ich fragen warum?« Dann fügte sie hinzu: »Geht es um die Sache mit dem Spray gestern Abend?« Sie hätte schwören können, dass die Flasche noch halb voll gewesen war, und dennoch hatte sie sie heute Morgen leer im Müll gefunden.

»Raymond hat diese seltsame Theorie, dass Tyson irgendwie allergisch dagegen sein könnte. Oder anfällig.«

»Dein Bruder ist keine Katze.«

»Das habe ich auch gesagt. Aber«, er ließ den Kopf hängen, »ich muss mich fragen, ob Raymond da etwas auf der Spur ist. Denn allein das Riechen an der Tüte, aus der mein Bruder geraucht hat, hat mich ein wenig high gemacht.«

»Also wirst du mehr kaufen und was tun? Es rauchen?« Ihr Scherz war nicht ganz ernst gemeint.

»Möglicherweise. Was auch immer Raymond bei seinen Tests hilft.«

»Ist dein Bruder eine Art Wissenschaftler?«

»So ähnlich. Er ist ein Hacker, der gleichzeitig auch ein Informationsjunkie ist.«

Als sie ihren Wagen erreichten, holte sie ihren Schlüssel hervor und sagte: »Du fährst.«

»Ich? Warum?«

»Damit ich sehen kann, ob du ein aggressiver Wahnsinniger oder einer dieser nervigen Blödmänner bist, die sich genau an die Geschwindigkeitsbegrenzung halten oder sogar noch langsamer fahren.«

»Ich gehe nicht davon aus, dass du mir einen Hinweis darauf gibst, was davon mich nicht in Schwierigkeiten bringen wird?«

Sie lächelte. »Das wirst du wohl selbst herausfinden müssen.«

Eigentlich war es ihr egal, solange er keinen Unfall baute, was sie ihm zu erschweren plante. Denn in dem Moment, in dem sie angeschnallt war, landete ihre Hand auf seinem Oberschenkel.

Er grummelte: »Du weißt schon, dass wir ein perfektes Stockbett zurückgelassen haben, oder?«

Sie blinzelte. »Du hast mich in dein Stockbett eingeladen?«

»Obere Matratze.«

Das entlockte ihr ein Lachen. »Vielleicht sollten wir lieber in meiner Wohnung Sex haben.«

»Wenn du darauf bestehst. Für mich persönlich ist überall ein guter Ort, wenn du da bist.«

Da stimmte sie zu. Es machte sie mutig. Sie ließ ihre Hand zu seinem Schritt gleiten. »Vorhin hast du der Polizei gesagt, du wärst mein Freund.«

»Ja.«

»Du hast mich nie offiziell gefragt«, wand sie ein.

»Ich würde sagen, es wurde offensichtlich, als mein Gesicht zum ersten Mal zwischen deinen Oberschenkeln war und du für mich gekommen bist.«

Hitze erfüllte sie – überall. »Was, wenn ich nicht auf der Suche nach einer Beziehung bin?«

»Pech. Jetzt hast du mich.«

»Du bist herrisch«, verkündete sie, wobei sie ihn drückte. Er war hart für sie. Das war er von dem Moment an gewesen, in dem sie ihre Hand auf ihn gelegt hatte. Seine offene Begierde hatte etwas Mächtiges und Erotisches an sich.

Der Wagen wurde langsamer.

»Warum halten wir an?«, fragte sie.

Er drehte sich zu ihr um. »Anika, ich weiß, dass ich meistens ein verdammter Idiot bin und die dümmsten Sachen sage, aber ich mag dich. Sehr. Überwiegend, weil du mich in die Schranken weist. Du hast keine Angst vor mir. Und du bist verdammt sexy. Willst du meine Freundin sein?«

Nicht gerade die eloquenteste aller Reden, aber so aufrichtig, dass sie nicht nur seinen Schwanz durch seine Hose hindurch drückte, sondern sie öffnete auch seinen Reißverschluss. Sie befreite sich aus dem oberen Teil ihres Gurtes und beugte sich über die Mittelkonsole, um ihr Gesicht über der Wölbung in seiner Unterwäsche zu platzieren.

»Äh, Anika, wir parken irgendwie am Straßenrand.«

»Dann sorg dafür, dass mich niemand sieht«, riet sie ihm, bevor sie ihn befreite.

Da sie schon mit ein paar Kerlen zusammen gewesen war, wusste sie, dass er nur wenig über die durchschnittliche Länge hinausging, aber dick war. So dick, dass sie ihre Lippen weit dehnen musste, um ihn in den Mund zu bekommen.

Er schnappte nach Luft, sagte ihr aber nicht, dass sie aufhören sollte.

Sie saugte an ihm. Ließ ihren Kopf auf und ab gleiten. Sie leckte. Sie wurde selbst erregt, als sie sich an seinen harten Schwanz in ihr erinnerte.

Sie stöhnte und bewegte sich zusammen mit ihrer Hand, dann schnappte sie nach Luft, als er sie für einen Kuss nach oben zerrte. Seine Hände schob er in ihre Jogginghose – das heiße Outfit, für das zu tragen sie sich entschieden hatte. Denn ihre Einstellung war: Nimm mich, wie ich bin.

Das tat er.

Im Wagen, am Straßenrand, während Fahrzeuge vorbeirasten.

Ihr war es egal.

Dem Polizisten jedoch nicht.

KAPITEL FÜNFZEHN

Die Beschämung sorgte dafür, dass Anika während der restlichen Fahrt zusammengesackt auf ihrem Platz saß, während Dominick ein breites Grinsen trug.

Ja, er hatte eine Verwarnung dafür bekommen, dass er seine Freundin in der Öffentlichkeit gevögelt hatte. Als hätte er etwas anderes tun können, als sie entschied, ihm einen zu blasen.

Sie war so verdammt perfekt, dass es wehtat.

Als sie die Tierhandlung erreichten, hatte sie genug ihrer Fassung wiedergefunden, um zu sagen: »Normalerweise tue ich so etwas nicht.«

»Das liegt daran, dass wir beide besonders sind.«

»Und jetzt Kriminelle.«

»Unsittliche Entblößung ist nur ein Vergehen.

Keine Sorge. Es wird nicht in deinem Führungszeugnis landen.« Er zwinkerte ihr ausgelassen zu.

Er.

Ausgelassen.

Sie lockte seine sanftere, spaßigere Seite hervor.

»Welche Katzenminze kaufen wir?«, fragte sie, als sie zum Eingang gingen.

»Keine Ahnung. Hängt davon ab, was sie haben. Vielleicht von allem etwas?«

»Du weißt, dass das verrückt klingt, oder?«

»Das tue ich.« Sie gingen auf den Laden zu und in dem Moment, in dem sie ihn betraten, reckte er sein Kinn und schnupperte. »Kannst du das riechen?« Schwach und doch köstlich.

»Wenn du nasse Hunde meinst …« Sie verzog das Gesicht angesichts der Waschstation, wo Hunde aller Art gebadet wurden.

»Ich rede von etwas Süßem. Folge mir.« Denn seine Nase hatte sich für eine Richtung entschieden. Sie durchschritten die Gänge zu der Abteilung, die mit *Katzennahrung* beschriftet war. Als sie den Gang betraten, suchte er die Regale ab und las Etiketten. Trockenfleisch. Seltsamer verarbeiteter Mist. Ein Abschnitt mit Katzenminze, der ihm das Wasser im Mund zusammenlaufen ließ, aber die

Dinge, die seine Aufmerksamkeit erregten, waren Schalen mit weichem, grünem Gras.

Er fuhr mit der Hand darüber. Weich. Schön. Wenn er ein Stück hätte, das groß genug war, würde er sich liebend gern nackt darin wälzen. Da es jedoch pro Stück sieben Dollar und siebenundneunzig Cent kostete, würde es ihn weit über hundert Mäuse kosten, genug davon zu kaufen.

Aber das war nicht die Quelle des Geruchs, hinter dem er her war. Anika fand sie. »Hey, Dom. Sieh dir das an. Die verkaufen tatsächlich Katzenminze als Pflanze.«

Er griff nach den Topfpflanzen und hielt sie sich ans Gesicht. Er steckte seine Nase für einen tiefen Atemzug hinein. Dann biss er ein Blatt ab und aß es. Es schmeckte so verdammt gut.

»Dom, was tust du da?«, zischte sie.

»Ich kann nicht anders. Es ist sooo gut.« Die Worte verließen ihn mit einem tiefen Knurren. Eine Sekunde lang beunruhigte es ihn. Ein Mann knurrte nicht in der Öffentlichkeit. Das behielt er sich für das Schlafzimmer vor, wenn er seine Dame befriedigte.

Er nahm die Pflanze von seinem Mund weg. Sie sah nicht appetitlich aus. Dennoch wollte er mehr, wann immer er daran roch.

Vielleicht nur noch einen Bissen.

Das ließ Anika nicht zu. Sie zog an dem Topf. »Du kannst nicht einfach anfangen, im Laden die Pflanze zu mampfen.«

Sie verstand es nicht. Es war köstlich. Er *wollte* nicht nur noch einen Bissen. Er *brauchte* ihn.

Brauchte ihn.

Er riss seine Pflanze wieder an sich.

Mampf.

»Dom! Nein!«

Erneut versuchte sie, das Gewächs zu stehlen.

Mein. Er hielt den Topf fest und knurrte. Es schockierte ihn so sehr, dass er es schaffte, den Druck in ihm zu verdrängen, der sich zu befreien versuchte.

Er musste die Kontrolle bewahren.

Er durfte Anika nicht verängstigen.

Dafür war es vielleicht zu spät. Ihre aufgerissenen Augen zeigten, dass sie bereits erschrocken war.

Ein Kerl kam näher, spindeldürr und mit Hakennase. »Sir, ich muss Sie bitten, die Pflanze nicht zu essen.« Er wagte es, seine Hand auszustrecken.

Dom knurrte, woraufhin der Angestellte zurückschreckte. Weichei. Er könnte ihn essen, wenn er wollte.

»Sir. Sie müssen den Laden verlassen.«

Das würde er, aber nur, weil er seine Pflanzen mit nach Hause nehmen wollte. Er schnappte sich einen zweiten Topf und machte sich mit einem in jeder Hand auf zum Ausgang. Mit jedem Schritt fühlte er sich seltsamer.

Seine Kleidung scheuerte.

»Sir, was tun Sie da? Dafür haben Sie nicht bezahlt. Ich werde die Polizei rufen.«

Er hörte sein Weibchen hinter sich murmeln. Er verließ den Laden und kam in leichten Regen, zu dem er mit verzogenem Gesicht emporblickte.

Er hasste es, nass zu werden. Aber seiner Pflanze gefiel es. Der Geruch wurde intensiver. Verlockender.

Mmm.

Er biss ein weiteres Blatt ab und dann einen ganzen Trieb bis hinunter zum Strunk.

Sein Weibchen kam heraus. »Was zur Hölle sollte das? Du hast jetzt Hausverbot, weil der Kerl denkt, du hättest irgendeinen Rausch.«

Den habe ich.

Er behielt genügend Bewusstsein, um zu erkennen, dass die Katzenminze irgendetwas mit ihm machte. Er fühlte sich gut. Fantastisch. Schläfrig. Ernsthaft, obwohl seine Augen offen waren, fühlte es sich an, als wäre er geistig eingeschlafen.

»Bring mich nach Hause.« An einen sicheren Ort, damit er ein Nickerchen machen konnte.

»Du siehst nicht gut aus.« Sorge lag in ihrem Duft.

Er betrachtete seine Arme, die von dunklem Flaum überzogen waren. »Wasss passiert?« Die Worte verließen ihn grummelnd.

»Steig in den Wagen.« Sie öffnete die Tür für ihn und er setzte sich auf den Beifahrersitz, die Pflanzen auf seinem Schoß.

So schön. Er tätschelte die Blätter und nahm einen weiteren Bissen, als sie nicht hinsah.

Als sie sich neben ihn setzte, schluckte er bereits.

Sein Körper pulsierte. Er trieb ihn dazu an, sein Bewusstsein zu verschließen.

Er drängte zurück. Er konnte jetzt nicht schlafen. Nicht, wenn sein Weibchen wütend war.

»Was zur Hölle stimmt nicht mit dir?«, zischte sie, während sie wegfuhr.

Er brachte ein lallendes »Kann nich aufhörn« heraus. Das konnte er wirklich nicht, obwohl er wusste, dass es falsch war.

»Du verhältst dich wirklich seltsam«, merkte sie an, während sie fuhr. »Denkst du, dass es das ist, was deinem Bruder passiert ist? Vielleicht ist eine

Empfindlichkeit Katzenminze gegenüber eine Familiensache.«

»Nicht mit Tyson verwandt«, murmelte er, wobei er auf seine Hände starrte. Er bemerkte, wie sich seine Nägel verlängerten. Wie sein Kiefer breiter wurde. Und in diesem Moment hasste er seine Kleidung abgrundtief.

»Vielleicht liegt es an der Umgebung, in der du großgezogen wurdest. Irgendetwas im Wasser.«

Er wusste nicht, was los war. Er fühlte sich immer noch gut, aber unruhig. Mehr als unruhig.

Eingesperrt.

»Halt aaaaaan!«, brüllte er.

Noch bevor sie am Straßenrand in der Nähe einer Baustelle für neue Wohnungsbauten angehalten hatte, öffnete er die Tür und stürzte hinaus. Er landete auf dem Boden und ließ die Pflanzen fallen. Ihm war egal, dass sie aus ihren Töpfen kullerten. Er zerrte an seinem Hemd. Seiner Hose.

Ausziehen.

Aus!

In dem Moment, in dem er sich strecken konnte, brüllte er. Dann rannte er los, leichtfüßig auf Händen und Füßen. Seine Sicht war messerscharf.

Er war bereit zur Jagd.

KAPITEL SECHZEHN

Als der Panther – der einmal Dom gewesen war, bevor dieser einen auf Transformer machte – plötzlich wegrannte, blinzelte Anika.

Was. Zur. Hölle war soeben passiert? Sicherlich hatte sie keinen Mann gesehen, so nackt wie am Tag seiner Geburt, der plötzlich auf allen vieren kroch und dessen Körper sich in etwas Haariges mit einem Schwanz verwandelte.

Ein verdammter Schwanz.

Vielleicht träumte sie – sie zwickte sich.

Aua.

Sie tat es erneut, nur für den Fall.

Definitiv wach. Sie stieg aus dem Wagen aus and atmete tief ein. Sie hatte sich gerade beruhigt, als der Panther hinter der Planierraupe hervorschlich und auf die Schaufel sprang.

»Dom?« Eine zittrige Silbe.

Der Kopf der Katze drehte sich in ihre Richtung und ihre Blicke trafen sich. Ihr blieb das Herz stehen.

Der Panther sprang herunter und trottete weiter auf die Baustelle.

»Dom, komm zurück!« Sie verstand nicht, was passiert war. Menschen verwandelten sich nicht in Katzen. Als sie die Pflanzen auf dem Boden sah, wurde ihr Blick finster.

»Ich gebe euch die Schuld«, knurrte sie, bevor sie sie aufhob. Dominick hatte sich von dem Moment an seltsam verhalten, in dem er begonnen hatte, an ihnen zu riechen. Ganz zu schweigen davon, was ihn überhaupt dazu trieb, sie zu essen.

Offensichtlich reagierte er auf die Katzenminze. Oder war sie diejenige auf Drogen? Denn immerhin hatte sie einen Mann gesehen, der sich in eine Raubkatze verwandelte.

Erneut. Was. Zur. Hölle?

Sie betrachtete die überwiegend ruhige Baustelle mit ihren vielen Werkzeugen, einem Bauwagen für die Leitung und ein paar schlummernden Maschinen. Die letzten Neuigkeiten aus der Gerüchteküche besagten, dass es wegen COVID-19 stillgelegt worden war. Nach all den zwangsweisen Schließungen hatte die Firma versucht, sich über Wasser zu halten, und dann kamen die stark einschränkenden Regeln zur Wiedereröffnung. Manche Unternehmen konnten die Einschränkungen überleben, aber für andere war es leichter, einfach dichtzumachen. Es half nicht, dass sie jedes Mal, wenn jemand positiv getestet wurde oder mit einem solchen in Kontakt kam, durch die Kontaktverfolgung schließen mussten. Das sorgte für wütende Kunden. Letzten Endes warf die Firma das Handtuch.

Es passierte viel zu oft. Schade, denn sie hatte gehört, dass sie ein Wohngebäude errichten sollten, das auf diejenigen mit niedrigem Einkommen ausgerichtet war.

Die Geschäftsaufgabe bedeutete hohe Stahlträger, die aufgestellt waren und darauf warteten, dass Beton gegossen wurde.

Dom – die Katze – konnte überall sein. Und ehrlich gesagt hatte sie irgendwie Angst davor, ihn zu finden. Es. Was zum Teufel?

Sie machte ein paar Schritte und bückte sich, um seine Klamotten aufzuheben. Das Hemd war in seiner Verzweiflung, sich dessen zu entledigen, in Fetzen gerissen worden.

Die Schuhe explodierten, als die Pfoten und Klauen sich hindurchgedrückt hatten.

Pfoten.

Sie setzte sich auf die Fersen und ließ den Kopf hängen, während sie schwer atmete. Das musste ein Traum sein. So etwas passierte nicht.

Ich habe es mit eigenen Augen gesehen.

Ich bin nicht verrückt.

Dominick war irgendwo da draußen. Möglicherweise verängstigt. Vielleicht konnte sie ihn beschwören, sich wieder in einen Mann zu verwandeln?

Sie wagte ein paar Schritte auf die Baustelle. »Dom? Bist du hier? Kannst du mich hören?«

Keine Antwort, aber sie fühlte sich beobachtet. Sie betrachtete die verschiedenen Stellen, an denen er sich verstecken könnte. Er … etwas anderes.

Sie erschauderte. Vielleicht war es keine gute Idee, sich allein einem Panther zu stellen. Das Problem war, wie sollte sie Hilfe holen, ohne verrückt zu wirken, wenn sie erklärte, was sie gesehen hatte?

Sie legte seine Klamotten in den Wagen, zusammen mit der überlebenden Pflanze. Sie verstand es immer noch nicht. Sie empfand das Aroma als abstoßend. Das machte Doms Verhalten umso merkwürdiger.

Wenn es mich nicht beeinflusst, dann hat es vielleicht wirklich mit dem Wasser in seinem Haus zu tun. Zwei genetisch miteinander nicht verwandte Menschen, die seltsam auf dieselbe nicht psychotrope Substanz reagierten?

Seine Familie musste es wissen. Es war das Richtige, selbst wenn sie auf dem Weg dorthin das Gesicht verzog.

Sie übte, was sie zu seiner Mutter sagen würde. »Also, hey, Dom hatte einen Vorfall mit Katzenminze. Er ist jetzt ein Panther.«

Er *dachte* nicht, er sei eine Großkatze, sondern er war tatsächlich eine riesige Miezekatze.

Sie parkte in der Auffahrt und stöhnte. Niemand würde ihr jemals glauben.

Aber irgendjemand musste es wissen.

Sie stieg mit der Pflanze in der Hand aus dem Wagen und klopfte an die Haustür. Niemand öffnete.

Sie klopfte erneut, merkte aber erst jetzt, dass ihr Wagen der einzige hier war. »Verdammt.« Was jetzt?

Ein statisches Geräusch ging einem schroffen »Dom ist nicht hier« voraus.

Raymond! Der einsiedlerische Bruder im Keller.

Sie konnte die Kamera nicht sehen, die er benutzte, hoffte aber, dass sie auch Ton aufzeichnete. »Das weiß ich. Er war bei mir. Aber ... äh ... es ist etwas passiert. Er braucht Hilfe.«

»Komm rein. Ich bin im Keller.« *Bzzt*. Die Tür öffnete sich.

Sie trat ein und wählte dreimal falsch aus, bevor sie eine Tür mit einer Treppe fand, die nach unten führte. Die Holzstufen wirkten veraltet, aber die Einrichtung, sobald sie unten ankam, war alles andere als alt.

Die Wände und selbst die Decke schienen mit einer Polsterung bedeckt zu sein, dort eingedrückt, wo sie festgesteckt war. Auf dem Boden war glattes Laminat verlegt. Auf einer Seite des Kellers waren ein Ofen, ein Warmwasserspeicher und der Sicherungskasten untergebracht. Unter der Treppe standen Kartons mit der Aufschrift *Weihnachten*. An einer Wand mehrere Kartons mit dem Buchstaben *D* darauf.

Womit zwei weitere Wände blieben, die mit Bildschirmen gesäumt waren, von denen jeder etwas anderes zeigte. Darunter eine Reihe von Tischen, die an die Wand geschoben und völlig vollgerümpelt waren. Becherglaser. Elektronik. Reagenzgläser und etwas, das wie ein Kühlschrank und ein seltsamer Metallofen aussah.

Im Raum befanden sich zudem eine Pritsche und ein Gaming-Stuhl auf Rädern. Sonst nichts für den Komfort.

Auf dem Stuhl saß Raymond und drehte sich um, um sie zu begutachten.

»Wo ist mein Bruder? Was ist los mit ihm?«

Sie streckte den Topf mit der Katzenminze aus, der überlebt hatte, und Raymonds Nase zuckte. »Was ist das?«

»Katzenminze. Dom hat angefangen, sie im Laden zu essen, und ist ein wenig verrückt geworden.«

»Wurde er festgenommen?«

Sie schüttelte den Kopf. »Es ist sogar merkwürdiger als das.«

»Lass mich raten, er hat sich in ein wildes Tier verwandelt.«

KAPITEL SIEBZEHN

Raymond wusste es.

Woher wusste er es?

»Was zum Teufel geht hier vor sich?«, rief sie.

»Das habe ich versucht herauszufinden. Es hat alles damit angefangen, dass ich dachte, meine Drohnen wären gehackt worden. Denn wer verwandelt sich von einem Jungen in eine Katze? Nicht mein kleiner Bruder Tyson. Das Problem ist, niemand ist in meine Maschinen eingedrungen. Was bedeutet, das Video musste echt sein.«

»Welches Video? Du wirst es besser erklären müssen, denn das ergibt keinen Sinn.«

Raymond wandte sich von ihr ab und begann zu tippen. »Die Aufnahmen der Drohne, die ich gestern Abend bekommen habe. Es ist einfacher, es dir zu zeigen.« Eine Videoaufnahme aus der Vogelperspektive erschien und zeigte ein unscharfes Bild in verschiedenen Grünschattierungen. Eine Nachtsichtkamera, die eine menschliche Gestalt zeigte, die sich in etwas Vierbeiniges mit Schwanz verwandelte.

»Das ist dein kleiner Bruder?«

»Ich weiß, dass es schwer zu sagen ist. Ich muss mir wirklich eine bessere Kamera zulegen, aber ich habe in andere Dinge investiert«, grummelte er. Er wechselte von dem Video auf dem Bildschirm zu etwas, das nach Laborergebnissen aussah.

»Was ist das?« Sie zeigte darauf.

»Etwas, das Stefan vorgeschlagen hat, als ich ihm das Video heute Morgen gezeigt habe. Die Ergebnisse von Bluttests unserer Familie. Stefan hat sie für uns alle machen lassen, außer für Daeve, Maeves Zwillingsbruder, und seine andere Schwester Jessie. Sie waren in letzter Zeit beschäftigt.«

»Und? Was hat das mit diesen Aufnahmen zu tun?«

»Nur dass, obwohl wir nicht blutsverwandt sind, jedes einzelne Hubbard-Kind eine ähnliche Mutation hat.«

»Wovon sprichst du? Was für eine Mutation?«

»Das weiß ich noch nicht. Ich werde ohne weitere Untersuchungen keine Hypothesen aufstellen, sondern nur voraussagen, dass Katzenminze ein Auslöser dafür ist, sowohl in Tysons als auch in Dominicks Fall.«

Sie betrachtete die Pflanze in ihrer Hand. »Ach was.« Katzenminze war Dominicks Spinat. Der sinnlose Vergleich kam ihr in den Sinn. Aber beides war grün. Obwohl es in Popeyes Fall so war, dass er stärker wurde und Olive rettete.

In ihrem Fall bekam Dom Fell und lief weg.

Gütiger Gott.

Sie hatte mit ihm geschlafen. Sodomie war ein Verbrechen. Aber er war ein Mann gewesen, als es passierte.

Und die letzten Male hatte er kein Kondom getragen. Sie konnte nicht umhin, in Panik zu verfallen, obwohl sie die Pille nahm.

»Ich bin nur überrascht, dass er empfänglich ist«, dachte er laut nach. »Immerhin kann das nicht das erste Mal sein, dass er dem ausgesetzt war.«

»Sofern man keine Katze besitzt oder mit einem Katzenbesitzer Zeit verbringt, nicht wirklich. Ich meine, ich kenne Katzenminze, und das ist das erste Mal, dass ich die Pflanze gesehen habe.« Sie schüttelte sie ein wenig.

Raymond schluckte. »Hättest du etwas dagegen, das Ding auf die andere Seite des Raumes zu stellen? Es ist ablenkend.«

»Warte, du bist auch allergisch dagegen?« Eine negative Reaktion. Das musste es sein.

»Ich habe dir gesagt, dass wir alle dieselbe genetische Veränderung in uns tragen. Wir alle haben leichte Variationen davon.«

»Du machst keinen Sinn.«

»Weil *es* keinen Sinn ergibt.« Raymond fuhr sich mit einer Hand durch die Haare, wodurch es abstand.

»Hör zu, ich weiß nicht, was mit deiner Familie nicht stimmt. Ich weiß nur, dass Dominick sich in einen Panther verwandelt hat und weggelaufen ist.« So, sie hatte es laut gesagt.

Raymond verspottete sie nicht. »Wo?«

»An irgendeiner Baustelle in der Stadt. Ich bin weggefahren, weil ich nicht wusste, was ich tun sollte.«

Ray verzog das Gesicht. »Ich auch nicht. Ich nehme an, er hat sein Handy nicht mitgenommen?«

Sie schüttelte den Kopf. »Ich habe seine Sachen im Wagen. Er hat sich irgendwie zur Hälfte ausgezogen, zur Hälfte ist er aus seiner Kleidung explodiert, als er sich verwandelt hat.«

»Verdammt.« Raymond rieb sich das Kinn. »Das macht es kompliziert, ihn zu finden.«

»Und was werden wir tun, wenn wir ihn finden? Wie verwandeln wir ihn wieder zurück?«

»Ich weiß nicht.« Das war die erschreckendste Antwort von allen.

»Wie finden wir ihn?«

»Wir müssen dorthin zurück, wo er dir entlaufen ist.«

»Jetzt?« Eine dumme Antwort, und doch klingelte ihr Alarm, eine Erinnerung in ihrem Handy, für den Fall, dass sie das Zeitgefühl verlor, damit sie nicht zu spät zur Arbeit kam.

Wie konnte sie zur Arbeit gehen, wenn Dom vermisst wurde? Trotzdem konnte sie es sich nicht leisten, auf einen Tageslohn zu verzichten.

Es klang gefühllos, es überhaupt zu denken, und doch hatte sie Rechnungen, die bezahlt werden mussten. Und realistisch betrachtet, was konnte sie tun? Dom hatte sich in einen Panther verwandelt. Neigten die nicht dazu, Leute zu zerfleischen?

Ihre Gedanken landeten bei Thomas. Angegriffen von einer wilden Katze, hatte er gesagt.

Oh, verdammt.

Sollte sie es Raymond sagen? Es würde vielleicht einen Unterschied machen. »Ich glaube, er hat das schon mal getan. Also, sich in einen Panther verwandelt.«

»Wann? Warum denkst du das?«

»Mein Ex wurde letzte Nacht angegriffen und behauptet, es wäre ein wilder Panther gewesen.«

Raymonds Mund wurde rund. »Scheiße. Das ist nicht gut. Was, wenn er sich auf jemand anderen stürzt? Man würde das Veterinäramt rufen und ihn erschießen.«

»Wir müssen ihn finden.« *Wir*, denn sie musste helfen.

»Lass uns bei dieser Baustelle anfangen.«

Es dauerte nicht lange, dorthin zu fahren.

Raymond stieg aus ihrem Wagen und runzelte angesichts der Maschinen und des verlassenen Geländes die Stirn. »Ich bezweifle, dass er lange hiergeblieben ist. Beschissene Jagdbedingungen und zu offen. Dazu noch die Tatsache, dass ich keine Benachrichtigungen über irgendwelche Berichte einer Katze auf Notfallkanälen bekomme, man kann also mit großer Sicherheit sagen, dass er weitergezogen ist.«

»Wie sollen wir wissen, wo er hingegangen ist?« Sie sah sich um. Wo anfangen?

»Wenn er eine Katze ist, bewegt er sich dann instinktiv oder ist er geistig noch klar?«

Sie erinnerte sich an das, was er über seine Aussetzer gesagt hatte. »Ich glaube nicht, dass er weiß, was passiert.«

»Also Instinkt.« Raymond sah sich um und runzelte die Stirn. »Was tut ein Tier, wenn es in einem ihm unbekannten Territorium landet?«

»Es geht nach Hause.« Die Antwort glitt über ihre Lippen.

»Vielleicht. Aber wenn er das nicht tut, dann macht es Sinn, wenn wir uns aufteilen. Ich werde sehn, ob ich seine Spur auf dieser Seite finden kann, und du fährst zum Haus zurück und wartest.«

»Dich hier zurücklassen? Wie wirst du zurückkommen?«

»Ich habe bereits Stefan um Hilfe gebeten.«

»Oh.« Ihr kam in den Sinn, wie viele Leute von dem verrückten Geheimnis wissen würden, das sie preisgegeben hatte. Was, wenn sie falschlag? »Wird deine Familie es nicht seltsam finden, wenn ich an eurem Haus parke?«

»Mom wird mindestens noch eine Stunde oder so weg sein. Vielleicht können wir ihn finden, bevor sie merkt, dass etwas nicht stimmt. Maeve ist bereits zur Arbeit gegangen. Da sie diesen Job erst bekommen hat, werde ich sie noch nicht stören. Außerdem ist deine Wäsche immer noch dort. Das verschafft dir die perfekte Ausrede. Ich habe sie übrigens in den Trockner geworfen.«

»Danke. Entschuldige. Dom hat irgendwie

darauf bestanden, dass wir in die Tierhandlung fahren.«

»Ist schon gut. Wenn du mit meinem Bruder zusammen bist, dann macht dich das zu einer neuen Schwester.«

Sie wollte sagen, dass sie nicht zusammen waren, nur um zu erkennen, dass ihr die Vorstellung sehr gut gefiel. Sie hätte nichts dagegen, es für eine Weile auszuprobieren.

»Was soll ich tun, wenn er zurückkommt?«

»Kommt darauf an, welche Gestalt er hat. Wenn er ein nackter Mann ist, wirf ihm eine Decke zu.«

»Und wenn er das nicht ist?« Wenn er eine Raubkatze mit großen Zähnen und Krallen blieb?

»Öffne eine Dose Thunfisch.«

Nicht gerade ein beruhigender Ratschlag. Dennoch, wenigstens hatte sie einen Plan. Sie fuhr zurück zur Farm und blieb einen Moment lang in ihrem geparkten Wagen sitzen.

Das war verrückt.

Sie sollte jetzt gehen. Vor dem Kerl weglaufen, der sich in der Nähe von Katzenminze verwandelte.

Aber dann erinnerte sie sich an den Mann. Der ihr zu Hilfe eilte. Der die dümmsten Dinge sagte und doch der Süßeste sein konnte, wenn er darüber redete, wie er für sie empfand.

Dann dachte sie an die Tatsache, dass er, wenn die Rollen vertauscht wären, definitiv nach ihr suchen würde.

Sie beäugte den Wald neben seinem Haus. Wagte sie es, zu den Bäumen zu gehen?

Nein, aber sie konnte am Rand bleiben und nach ihm rufen.

Sie setzte sich im Schneidersitz hin, legte die Hände auf die Knie und schloss die Augen, bevor sie ein paar tiefe, reinigende Atemzüge nahm. Eine Beruhigungsübung, die sie in der Therapie gelernt hatte, für gewöhnlich, um ihrer Angst in Bezug auf Thomas Herr zu werden, aber es funktionierte auch in anderen Situationen.

Sie hörte nichts als das leise Rauschen des Windes in den Ästen. Sie hätte nicht sagen können, wie lange sie wartete. Irgendwann hatte sie ein Motorrad gehört – jemand, der am Farmhaus ankam. Aber sie drehte sich nicht um.

Sie wollte mit niemandem zu tun haben, der über das spottete, was sie Raymond erzählt hatte. Es war schwer zu glauben, dass es überhaupt passiert war. Es war ein umwerfender Herbsttag. Die Sonne schien. Die Käfer summten hier und da immer noch – allerdings nicht so reichlich wie im Frühling. Die Blätter an den Bäumen hatten noch nicht zu fallen begonnen, ihren Wechsel von Grün zu Rot und Gelb jedoch sehr wohl.

Während sie atmete und in einen Zen-Moment verfiel, verschwand jegliche Ablenkung um sie herum. Alle Geräusche verstummten. Sie hatte nicht erkannt, wie viele es im Hintergrund gab, bis sie aufhörten.

Ich bin nicht allein.

»Dominick? Bist du da draußen?«, flüsterte sie. Es war ausgeschlossen, dass er sie gehört hatte. Es war ausgeschlossen, dass er es war. Die Distanz zwischen dem Haus und der Baustelle war zu groß. Er hätte nicht so schnell herkommen können. Es sei denn, er lief auf vier flinken Pfoten.

Knack. Ihr Mund wurde trocken. Sie war nicht allein.

Sie konnte nicht umhin, die Augen zu öffnen und hinzusehen. Sie starrte, während sie den Atem anhielt, als eine riesige schwarze Katze aus den Bäumen stolzierte, den Kopf gesenkt. Sie schlich dahin und sah sie mit Augen an, die sie erkannte. Zu menschlich im Gesicht eines Tieres.

»Dom?« Sie hasste das Zittern in dieser einzelnen Silbe.

Das Tier kam näher und ihr Herz raste, während sie das Atmen vergaß.

Oh mein Gott. Ich werde sterben. Gefressen von ihrem Katzen-Transformer-Freund.

Anstatt loszustürzen und ihr Gesicht zu fressen, kam der Panther nahe genug heran, um sich hinzulegen und seinen Kopf in ihren Schoß zu legen.

Es erschien nur natürlich, mit den Fingern durch sein Fell zu streichen, wobei jede Bewegung die Anspannung in ihr löste. Versteifte Muskeln entspannten sich. Bis ihr Herzschlag und ihre Atmung in ihren Normalzustand zurückkehrten, nur um sich plötzlich anzuspannen, als die große Katze schnurrte.

Panther konnten nicht schnurren. Auf der anderen Seite konnten Menschen sich aber auch nicht in Tiere verwandeln.

Ihr Handy vibrierte, aber sie konnte sich die Nachricht nicht ansehen. Sie hatte zu große Angst, sich zu bewegen.

Sie war besorgt, dass jemand aus Doms Familie ihn erschrecken würde. Aber sie blieben allein.

Und sie sah – spürte ... erlebte –, wie sich Fell zu Haut verwandelte. Panther zu Mann.

Das gab ihrem Verstand schließlich den Rest.

KAPITEL ACHTZEHN

Dominick fühlte sich gut. Den Kopf im Schoß seiner Freundin. Er konnte sie riechen. Wenn er ihr das Gesicht zuwandte, konnte er sie kosten.

Stattdessen, anstatt vor Freude zu seufzen, als er es versuchte, kreischte sie und warf ihn von ihrem Schoß.

Er drehte sich auf den Rücken und blinzelte. »Was zum Teufel?«

»Sag du es mir. Was zum Teufel geht hier vor sich? Warum hast du mir nicht gesagt, dass du dich in einen Panther verwandeln kannst?«

»Was?« Das zufriedene und wohlige Gefühl verschwand schnell, als er sich Anikas verängstigter Miene stellte. »Ich verstehe nicht. Wie bin ich hierhergekommen? Was ist passiert?«

Sie biss sich auf die Unterlippe. »Was ist das Letzte, woran du dich erinnerst?«

»An die Tierhandlung. Und irgendeinen Idioten, der mir sagte, ich solle gehen.« Dann ... nichts. Oh, verdammt. Er hatte einen Aussetzer gehabt. Angesichts seiner Nacktheit und Anikas Angst hatte er etwas Schlimmes getan.

»Du erinnerst dich nicht daran, wie du mir gesagt hast, ich solle anhalten? Wie du ausgestiegen bist und dich ausgezogen hast?« Sie schluckte und sah nach unten, bevor sie leise hinzufügte: »Ich habe gesehen, wie du dich in eine große schwarze Katze verwandelt hast.«

»Das ist unmöglich.« Er rieb sich das Gesicht.

»Ich habe es gesehen!«, rief sie hitzig.

»Es kann nicht sein.«

»Dann erkläre es.«

»Ich hatte einen Aussetzer und habe dir offensichtlich Angst gemacht. Aber egal, wie seltsam ich mich verhalten habe, ich versichere dir, dass ich zu einhundert Prozent menschlich bin.« Solange er seine Träume ignorierte.

»Nein. Warst du nicht.« Sie sagte es ausdruckslos, was ihn erschütterte. Denn er erinnerte sich oberflächlich an einige Dinge, die keinen Sinn ergaben. Es sei denn, sie sagte die Wahrheit.

Er blickte nach unten. »Jedenfalls habe ich jetzt kein Fell.«

»Es ist die Katzenminze. Sie macht etwas mit dir. Sie verwandelt dich in eine Bestie.«

Die Worte erschütterten ihn, denn sie erinnerten ihn an das, was die Polizei über Thomas gesagt hatte. Der Angriff eines wilden Tieres in einer Nacht, bei der er sich nach dem Trinken der Katzenminze an nichts erinnern konnte.

Es konnte nicht wahr sein.

»Ich glaube, ich brauche einen Drink.« Er stand auf, spürte die Herbstluft an seinen nackten Pobacken und, noch schlimmer, wie sie die Hitze aus seinen schrumpfenden Eiern zog. Gut, dass sie seinen Schwanz an einem guten Tag kennengelernt hatte, denn im Moment würde er niemanden beeindrucken.

Sie hielt Abstand zu ihm, während sie ihn begleitete. »Ich sollte deinem Bruder schreiben, um ihn wissen zu lassen, dass wir unterwegs sind.«

»Ich würde ihm lieber nicht von meinem Vorfall erzählen.«

»Zu spät.«

Er hielt inne. »Stefan weiß es?«

»Das nehme ich an. Würde Raymond es ihm sagen?«

Er stöhnte. »Ray auch?«

Es war schlimmer als das. Mom und Tyson warteten auf der Veranda.

In dem Moment, in dem Dominicks Mutter ihn sah, wurden ihre Augen groß und sie zog ihre Schürze aus, damit Tyson ihr eine andere brachte.

Denn das Tragen ihrer »Umarme die Köchin«-Schürze war so viel besser.

Als Dominick näher kam, bemerkte er, dass seine Mutter sich auf die Lippe biss. Besorgt. So besorgt.

»Geht es dir gut?«, fragte sie.

Er versuchte, die Situation herunterzuspielen. »Scheinbar ist mein kleiner Bruder hier nicht der Einzige, der sich für eine Katze hält, wenn eine gewisse Pflanze in der Nähe ist.«

»Hält?«, sagte Stefan gedehnt, der seine Zigarette austrat und dazukam. »Wann wird sich diese Familie endlich zusammensetzen, um über die Tatsache zu reden, dass wir nicht ganz menschlich sind?«

»Sei nicht albern ...« Dominick verstummte, als er das Gesicht seiner Mutter sah.

Den Schreck und die Resignation.

»Oh, verdammt. Mom. Du weißt etwas?«

Sie sah Anika an und presste die Lippen aufeinander.

»Das ist mein Stichwort zu gehen.« Anika ging zu ihrem Wagen, während er »Nein« sagte.

Er folgte ihr, aber sie wirbelte herum und schüttelte den Kopf. »Ich kann nicht bleiben. Das ist alles ...« Sie verstummte und betrachtete ihre Füße, bevor sie seufzte. »Ich mag dich, Dom. Sehr. Aber das ist zu viel für mich. Zu merkwürdig. Ich weiß nicht, was ich denken oder fühlen soll. Ich brauche Zeit, um das zu verarbeiten.«

»Und du denkst, ich nicht?«

»Ich bin mir sicher, dass du noch viel mehr durcheinander bist als ich im Moment. Was der Grund ist, warum ich gehen sollte. Rede mit deiner Mutter und deiner Familie. Finde heraus, was vor sich geht.«

»Was ist mit uns?« Denn im Moment machte ihm das größere Sorgen.

Sie presste ihre Lippen zu einer dünnen Linie zusammen. »Wir werden uns später unterhalten.«

»Versprochen?« Ein Teil von ihm wollte sie nicht gehen lassen. Er wollte sie über seine Schulter werfen und sie ins Haus bringen. Aber gleichzeitig konnte er ihre Verwirrung verstehen.

Zum Teufel, er war aus der Bahn geworfen und kämpfte mit dem, was sie ihm gesagt hatte. Anika würde nicht lügen, und dennoch, wie konnte er ein

Gestaltwandler sein? Ein Panther? Ein Killer. Thomas hatte überlebt, aber er hätte dem Mann genauso gut das Leben nehmen können. Vielleicht war es am besten, wenn sie ging, bevor er sie auch verletzte.

Er zog sie für einen Kuss an sich. Sie klammerte sich an ihn, ihr Mund war heiß auf seinem. Zumindest schreckte sie nicht vor seiner Berührung zurück. Das gab ihm Hoffnung, selbst während ihm das Herz in die Hose rutschte, als er ihre Schlusslichter auf der Straße verschwinden sah.

Erst dann drehte er sich um und funkelte seine Mutter an. »Gibt es irgendetwas, das du mir sagen willst?«

Sie wirkte niedergeschlagen, als sie antwortete: »Ich hatte gehofft, es euch niemals sagen zu müssen.«

»Uns was sagen?«

»Mein Bruder hat euch in einem Labor hergestellt.«

KAPITEL NEUNZEHN

Mom

NANA HUBBARD HATTE WIRKLICH GEHOFFT, dass dieser Tag niemals kommen würde. Es lag nicht daran, dass sie ihre Kinder anlügen wollte. Es war eher die beste Art, sie zu schützen.

»Was meinst du damit, dein Bruder hat uns in einem Labor hergestellt?«, rief Dominick.

»Ich ... äh ...« Ausnahmsweise war sie sprachlos.

Stefan hingegen nicht. »Lass sie in Ruhe. Sie ist hier nicht das Monster. Und bevor sie ihr Geheimnis offenbart, sollte ich Raymond holen. Er läuft sich in der Stadt die Füße wund auf der Suche nach dir, du Schwachkopf.«

»Ich Schwachkopf?«, knurrte Dom. »Woher hätte ich wissen sollen, dass ich mich in eine verdammte Bestie verwandle, wenn ich Katzenminze esse?«

»Das ist meine Schuld. Ich hätte dich warnen sollen«, verkündete Stefan, während er Mom die Hand entgegenstreckte. »Kann ich mir den Minivan ausleihen? Denn ich bezweifle, dass Raymond mit mir auf dem Motorrad fahren will.«

Nana warf ihm ihren Schlüsselbund zu, das klimperte, als Stefan es fing.

»Ich will nicht warten«, grummelte Dominick.

»So ein Pech«, fauchte Stefan, der einschritt, weil Nana es nicht konnte. Ihr Herz schmerzte in ihrer Brust und sie spürte jedes einzelne Jahr von insgesamt siebenundsechzig. Stefan war noch nicht fertig. »Warum duschst du nicht und ziehst dir etwas an? Niemand muss dein Gehänge sehen.«

»Arschloch«, schnaubte Dom, als er die Treppe hinaufging.

Stefan presste die Lippen aufeinander, sagte aber kein Wort, bevor er losfuhr.

Mit bleiernen Füßen ging Nana in die Küche, den einen Ort, an dem sie sich wohlfühlte. Sie machte eine große Kanne Kaffee mit einer kleinen Besonderheit darin. Sie brauchte die zusätzliche Unterstützung.

Als sie sich hinsetzte, schloss sich ihr bald ein selten stummer Tyson an. Er hatte einen stressigen Tag voller Tests beim Arzt hinter sich, während sie sich damit auseinandergesetzt hatte, was dieser Aussetzer mit der Katzenminze bedeutete.

Was soll ich tun, Johan?

Ihr Bruder war tot und konnte ihr nicht helfen. Zum ersten Mal seit langer Zeit war sie allein, selbst während sie von vielen ihrer Kinder umgeben war. In manchen ihrer Gesichter lag Neugier – Pammy und Tyson. Zorn in anderen – Maeve und Dominick. Bei Stefan war es Mitleid.

Was wusste er? Wie lange wusste er es schon?

Daphne hatte sich nach der Schule mit einer Freundin getroffen. Sie war zu jung, um es zu verstehen. Zum Teufel, selbst Tyson würde vielleicht nur schwerlich damit umgehen können. Allerdings hatte sie nach dem, was mit ihm passiert war, keine andere Wahl.

Es war an der Zeit, dass die Wahrheit ans Licht kam.

Maeve durchbrach die Stille. »Was zum Teufel geht hier vor sich?«

»Nicht solche Worte«, mahnte Nana, mehr aus Gewohnheit als aus Fürsorge.

»Scheiß drauf, Mom«, brauste Dominick auf. »Was zur Hölle ist los? Was stimmt mit Tyson und mir nicht? Was meinst du damit, dein Bruder hat uns *hergestellt*?«

»Macht mal langsam, damit ich das verstehen kann«, unterbrach Pammy ihn, nicht begeistert darüber, für ein Familientreffen darum gebeten worden zu sein, verfrüht die Arbeit zu verlassen. Es war nur die Tatsache, dass sie noch nie zuvor gerufen worden war, die sie davon überzeugte, die Reise von Gloucester nach Richmond anzutreten. »Ihr wollt mir sagen, dass Dommy und Ty durch Katzenminze high geworden sind und sich in Katzen verwandelt haben?«

»Ich kann dir zeigen, was wir bisher als Beweise haben, wenn das hilft.«

Ray spielte die Videoaufnahmen der Drohne ab, die Tysons Verwandlung zeigten – nicht der überzeugendste Beweis. Sie alle glaubten erst wahrlich daran, als sie den Panther aus dem Wald kommen sahen, der sich in Anikas Schoß legte. Und dann wurde er zu einem Mann.

»Na, leck mich am Arsch«, schnaubte Pammy.

»Nicht solche Worte!«, quietschte Tyson.

Es brachte Nana beinahe zum Lächeln, aber die Angst ließ sie ernst bleiben. Besonders da sie Antworten wollten, sobald die Videos zu Ende waren.

»Was zum Teufel geht vor sich, Mom?«, fragte Dommy, sanfter als zuvor.

»Also war es bei dir auch Katzenminze?«, fragte Nana, die sich sicher sein wollte. »Seltsam, denn du warst als Kind hochallergisch dagegen.«

»Habe ich mich damals auch in eine Katze verwandelt?«, fauchte er.

»Nein. Die Tatsache, dass du es nicht konntest, war der Grund, warum du als ungeeignet erachtet wurdest«, erklärte sie vorsichtig.

Daraufhin blieb er stumm.

»Du wusstest, dass er sich in einen Panther verwandeln kann.«

»Ich wusste nur, dass er es nicht konnte. So ist er – und ihr alle – in meiner Obhut gelandet.« Er war ihr erster Waise gewesen.

»Du wusstest, dass wir anders waren.«

»Das ist es ja. Ich habe euch nur bekommen, weil ihr es nicht wart. Ihr wurdet kreiert, um etwas anderes als menschlich zu sein. Und als es fehlschlug … wurde es kompliziert.« Sie rieb sich die Stirn.

»Mir ist egal, wie chaotisch es ist. Wir haben das Recht, es zu wissen.« Die Kinder ließen Dominick, den Ältesten, die Forderung stellen.

»Selbst wenn ihr wisst, dass es gefährlich sein könnte?«

»Ich würde sagen, es nicht zu wissen hat sich als riskanter herausgestellt«, warf Stefan ein. Ihm baumelte eine nicht angezündete Zigarette zwischen den Lippen.

»Hast du dich auch verwandelt?«, fragte Nana.

»Wechsle nicht das Thema ...«

»Du verstehst nicht. Wenn du dich verwandelst, dann bist du in Gefahr. Wenn irgendjemand erkennt, was ihr seid, wo ihr herkamt ...« Ihre Kehle schnürte sich zu, als sie sagte: »Ich weiß nicht, ob ich euch beschützen kann.«

»Scheiße. Wir verstecken uns vor der Regierung!«, rief Raymond. »Kein Wunder, dass ich in keinem System eine gottverdammte Spur von uns finden konnte.«

»Du hast nachgeforscht?« Nana hätte nicht so schockiert sein sollen. Raymond hatte schon immer eine unersättliche Neugier gehabt.

»Ich wurde adoptiert. Nicht böse gemeint, Mom, ich hab dich lieb, aber ich wollte wissen, wo ich herkomme. Als ich nichts finden konnte, habe ich mir die ganze Familie angesehen. Wir existieren nicht. Und du hattest nie einen Bruder.«

Sie biss sich auf die Lippe. »Ich hatte einen, aber er wurde von der Firma ausgelöscht, für die er gearbeitet hat.«

Sie hatte nicht bemerkt, wie Stefan verschwand.

Im einen Moment lehnte er am Türpfosten, im nächsten war er weg. Aber sie bemerkte seine Rückkehr, da sich bei seinem Näherkommen einige Köpfe drehten. Tyson, Dominick, Raymond. Maeve verzog das Gesicht und sagte: »Igitt. Was ist das für ein grauenvoller Gestank?«

»Katzenminze«, erklärte Nana. »Und halte sie von deiner Schwester fern. So wie es klingt, könnte sie immer noch allergisch sein.«

»Das riecht so gut.« Tyson stürzte sich auf die Pflanze, aber bevor er sie sich schnappen konnte, nahm Dominick den Topf an sich.

Er umarmte ihn. »Meins.«

Tyson zischte.

Mit aufgerissenen Augen sah Maeve den beiden zu und rief: »Was ist in euch beide gefahren?«

Nana erschien es offensichtlich, aber die Jugend von heute hatte nicht dieselben Fähigkeiten zum kritischen Nachdenken wie zu ihrer Zeit. »Die Katzenminze macht sie high.«

»Was?« Maeve blinzelte. »Aber sie sind keine Katzen.«

»Du hast das Video gesehen«, merkte Nana an.

»Von dem ich immer noch denke, dass es ein Trick sein muss. Ich schwöre, wenn ich verarscht werde, raste ich aus.«

»Das ist kein Witz, Maeve.« Nana wünschte nur,

dass es so wäre, denn sie hatte Angst davor, was die Wahrheit mit ihrer Familie machen würde.

Dominick hielt das Gras außer Reichweite seines Bruders. Gerade so. Tyson war nur wenige Zentimeter kleiner.

Stefan übertraf sie beide. Er nahm den Topf, öffnete die Hintertür und warf ihn hinaus.

Die Anspannung im Raum legte sich. Tyson wurde rot und setzte sich.

Dominick ebenfalls.

»Also, hören wir uns die Geschichte unserer Kreation an und warum sie für manche von uns Katzenminze beinhaltet.« Stefan blieb entspannt, aber Nana kannte ihren Jungen. Sie wusste, dass er mehr von dem verstand, was vor sich ging, als der Rest.

»Wirst du von der Katzenminze beeinflusst oder ist es etwas anderes?«

Stefan lächelte angespannt. »Ich habe gelernt, es zu kontrollieren. Ganz allein, wie ich hinzufügen darf, da ich lange Zeit davon ausging, ich sei der einzige Freak in der Familie.«

»Du auch?«, prustete Dominick hervor.

Tyson hingegen entspannte sich. »Verdammt, Gott sei Dank bin es nicht nur ich.«

»Nicht solche Worte!« Diesmal war es Maeve. »Wovon sprecht ihr alle? Ich verstehe nicht.«

»Braucht irgendjemand Kekse? Ich könnte welche backen. Sie werden in zwölf Minuten fertig sein.« Sie musste etwas mit ihren Händen tun.

»Nein.« Im Chor und nachdrücklich. Nana sackte in sich zusammen.

Zu ihrer Überraschung war Stefan derjenige, der an ihre Seite kam und einen Arm um sie legte. »Egal was du getan hast, eine Sache ist klar. Du hast uns geliebt. Und wir lieben dich. Das wird sich nicht ändern.«

»Es sei denn, du hast uns zu Freaks gemacht«, stellte Dominick klar.

»Fällt euch auf, wie sie nicht abstreitet, an unserer Entstehung beteiligt gewesen zu sein?« Tyson war derjenige, der verbittert klang.

»Das war ich nicht, aber ich kannte die Person, die es getan hat, und ich habe nichts getan, um es aufzuhalten. Ich konnte nicht. Denn wenn ich es getan hätte, dann wären wir alle tot.«

Maeve stand auf. »Ich backe Kekse.«

»Ich –«

Ihre Tochter funkelte sie an. »Du wirst sitzen bleiben und laut sprechen, während du es erklärst.«

Das Geheimnis, das sie so lange bewahrt hatte, würde nun herauskommen.

Sie nahm einen tiefen Atemzug und begann mit

ihrer Geschichte. »Vor dreißig Jahren habe ich meinen Bruder Johan besucht. Er hat für ein extrem geheimes Forschungslabor gearbeitet. So geheim, dass es mir nicht erlaubt war, den Namen oder Standort zu kennen. Nicht dass es mich interessierte. Ich war nur in Edmonton, um ihn zu sehen und mir einige Sehenswürdigkeiten anzuschauen. Ich war frisch geschieden, wisst ihr.« Sie hatte sich verlassen gefühlt. Ende dreißig, kinderlos und mit einem Neuanfang.

»Bla, bla. Komm zum Punkt«, fauchte Maeve, die Hände tief im Teig vergraben.

»Das versuche ich. Es begann beim Mittagessen.« In einem italienischen Restaurant, denn Johan wusste, dass sie ihre Pasta liebte.

Sie hatten sich kaum hingesetzt und sie sah, wie unruhig er war. Offensichtlich beunruhigt.

»Was ist los?«

»Nichts.«

»Dasselbe hast du gesagt, als Mary-Anne gestorben ist.« Johans Frau, die Eierstockkrebs bekommen hatte. Er war allein damit fertiggeworden. Er führte Gleichmut ins Extrem. Jetzt schien er dasselbe zu tun. *»Ich kann sehen, dass dir etwas auf dem Herzen liegt. Ist es dein Liebesleben? Stirbst du? Brauchst du Geld?«*

Er schüttelte den Kopf und sagte schließlich mit einem lauten Seufzen: »Ob du es mir glaubst oder nicht, ich kämpfe mit der Moral. Ich habe in meinem Leben viele schlimme Dinge getan. Dinge, die ich zurücknehmen würde, wenn ich es könnte, aber nichts wie die Wahl, die mir hier gelassen wird. Ich muss etwas Falsches tun. Etwas Schlimmes. Böses.« Sein Kinn sank nach unten, bis es fast auf den Tisch traf.

»Nein, musst du nicht. Du hast eben gesagt, du hättest die Wahl.«

»Es ist nicht so einfach.« Er klang so mürrisch.

»Geht es um deinen Job?«

Er brauchte einen Moment, bevor er nickte.

»Was verlangt dein Chef von dir, das so schlimm ist?«

Zuerst sagte er es nicht. Er presste die Lippen aufeinander und schüttelte den Kopf. »Es ist zu gefährlich.«

»Johan.« Sie murmelte seinen Namen. »Du kannst es mir erzählen.«

»Ich kann nicht. Ich habe eine Geheimhaltungsvereinbarung unterschrieben.«

Nana prustete. »Du weißt, dass ich es niemandem sonst erzählen werde, und offensichtlich lastet es auf dir.«

»Es ist mehr als nur die Vereinbarung. Dieses ganze Projekt, das ich durchführe ... es ist falsch. Ich vermute es bereits seit Jahren, und jetzt, wo ich am Kern arbeite, wurde es bestätigt.«

»Dann kündige.«

»Ich kann nicht. Er wird mich umbringen.«

Sie blinzelte über seine Aussage. Johan schien nicht zu

scherzen. Trotzdem ... »*Du übertreibst. Es kann nicht so schlimm sein.*«

»*Oh, aber das ist es. Ich habe böse Dinge getan, Nanette. Dinge, für die ich in die Hölle gehe. Aber worum ich jetzt gebeten wurde? Ich kann nicht. Ich kann einfach nicht.*« *Sein Kopf sank nach unten.*

Sie legte eine Hand auf seine Schulter und lehnte sich zu ihm. »*Was kannst du nicht tun, Johan?*«

Sein Gesichtsausdruck verblieb düster, als er den Kopf hob, um zu sagen: »*Ich kann kein Kind umbringen. Es ist nicht seine Schuld, dass er sich nicht offenbart hat, dass er zu einhundert Prozent normal ist.*«

Sie taumelte. »*Ein Kind umbringen? Wo bist du hineingeraten?*«

»*In etwas, das größer ist als du und ich.*«

»*Dann sag es den Behörden.*«

»*Ich kann nicht*«, *rief er.* »*Ansonsten werde ich enden wie der Arzt zuvor, wenn jemand erfährt, dass ich es dir verraten habe.*«

»*Wie soll ich dich rächen, wenn ich nicht weiß, was vor sich geht?*«, *war ihre schwache Antwort.*

»*Niemand würde dir glauben, wenn du es ihnen sagtest. Ich kämpfe selbst noch damit.*« *Dann, als hätte er eine Entscheidung getroffen, kam es in einem Rausch heraus.* »*Ich arbeite an der Kreation von Huanimorphen.*«

»*Von was?*«

»*Huanimorphen. Der Begriff für diejenigen, die sich von Mensch zu Tier verwandeln können.*«

»*Warum sollte das jemand tun wollen?*«

»*Frag die in den Hunderten von Werwolf-Filmen und -Büchern. Die Menschen wollten schon immer mehr sein. Stärker. Schneller. Das Beste der Menschheit nehmen und es mit den körperlichen Fähigkeiten einer anderen Spezies mischen.*«

»*Das ist widerlich.*«

»*Es passiert bereits. Werwölfe sind real. Und nicht nur real; die Regierung weiß von ihnen. Sie nutzen sie sogar als Elitesoldaten. Aber da es das Militär ist, wollen sie mehr. Und nicht nur Wölfe. Sie wollen Soldaten, die unentdeckt große Strecken schwimmen oder sich heimlich durch den Dschungel bewegen können.*«

»*Du kreierst Monster für die Regierung.*«

»*Nicht sehr gut*«, gab er zu. »*Während wir ein paar Erfolge mit dem Bärengenom hatten, dem von Reptilien und selbst mit dem Verändern des Wolfes, um bessere Huanimorphe zu kreieren, konnten wir dasselbe Gen nicht in denen mit Katzen- und Vogel-DNA auslösen.*«

Da kam es ihr. »*Du experimentierst an Kindern.*« Sie starrte ihn an. »*Ist es das, was du damit gemeint hast, ein Kind umzubringen?*«

»*Das Verbinden geschieht vor der Schwangerschaft, während des Embryostadiums.*«

»*Ich bin verwirrt. Wen wirst du dann umbringen?*«

»DK04. Er ist der Einzige des Pantherwurfes, der überlebt hat. Außerdem ist er knapp über vier Jahre alt und hat sich immer noch nicht verwandelt.«

»Also kann er sich in einen ... einen ...«

»Panther verwandeln.«

Sie blinzelte. »Und was, wenn er es nicht kann?«

»Er ist ein Fehlschlag, und mir wurde gesagt, ich solle ihn eliminieren.«

Sie starrte ihren Bruder an. »Du kannst kein Kind umbringen.«

»Ich weiß.« Seine Schultern sackten zusammen. »Aber was sonst kann ich tun? Wenn er nicht durch meine Hand verschwindet, dann werde ich es tun.«

Sie konnte sehen, dass er wirklich um sein Leben fürchtete. Das Gefühl hatte, keine andere Option zu haben. Aber eine kürzlich Geschiedene mit ein wenig Geld, um ein Haus zu kaufen und sesshaft zu werden, hatte eine.

»Gib ihn mir.«

»Was?« Diesmal blinzelte Johan sie an.

»Ich sagte, gib mir den Jungen. Ich werde ihn großziehen.«

»Das wäre vielleicht keine gute Idee. Wir wissen nicht, was passiert, wenn er älter wird. Er könnte gefährlich werden.«

»Er ist ein Kind, das Schutz braucht.« Eine Mutter. Und sie hatte die Chance, eine Familie zu gründen.

In dieser Nacht, im Schutz der Dunkelheit, wurde

DK04, der Dominick werden würde, hinausgeschmuggelt, und Nana fuhr durch mehrere Provinzen, bevor sie sich in Ontario niederließ. Sie begann in Sudbury, aber die langen Winter ließen sie innerhalb weniger Jahre die Flucht ergreifen, zusammen mit einem zweiten Sohn und einer Tochter. Sie zogen nach Ottawa, wo sie eine Farm kaufte und weiter Kinder aufnahm, bis Johan starb.

In der Küche herrschte Stille, als sie fertig war.

Nana sah Dominick an. »Es tut mir leid, dass ich dich angelogen habe. Euch alle. Zu meiner Verteidigung, ich wollte euch nur das Zuhause und die Liebe geben, die ihr verdient habt.«

»Du hast mich gerettet. Du hast uns alle gerettet«, murmelte Stefan.

Raymond hingegen war an seinem Laptop. »Hier steht, dass dein Bruder bei einem Autounfall ums Leben kam.«

Sie nickte. »Er wollte in Rente gehen und hat um sein Leben gefürchtet. Aber er wollte nicht gehen, bis er es schaffte, ein letztes Kind hinauszubringen.«

»Daphne?«

Sie schüttelte den Kopf. »Er ist in der Nacht gestorben, in der er sich mit mir treffen sollte. Ich habe das Kind nie bekommen.«

»Weiß das geheime Labor, für das er gearbeitet hat, dass er uns zu dir herausgeschmuggelt hat?«

Sie zuckte die Achseln. »Ich nahm immer an, dass sie es nicht wussten, da sie nicht vor unserer Tür erschienen. Ich habe eure Namen geändert. Selbst meiner ist nicht mehr derselbe. Ich habe meinen Ehenamen behalten. Ich habe aufgehört, ihn öffentlich zu besuchen, aber wir sind über geheime Chatsysteme in Kontakt geblieben. Alle paar Jahre fragte er mich, ob ich ein weiteres nehmen könnte. Wie konnte ich Nein sagen?«

»Dein Bruder hätte uns umgebracht, wenn du uns nicht gerettet hättest«, warf Maeve ein, die die Ofentür zuschlug. »Und du hast ihn nicht aufgehalten.«

»Er wäre gestorben, wenn ich es irgendjemandem gesagt hätte. Und ich hatte Angst vor dem, was euch zustoßen würde«, erklärte Nana. Es klang schwach, aber Dominick stimmte zu.

»Mom hat das Richtige getan.«

Tyson fügte hinzu: »Wir haben alle *X-Men* gesehen. Ich weiß nicht, wie es euch geht, aber ich lasse mich nicht einsperren, um als Versuchskaninchen für Tests benutzt zu werden.«

»Also sind wir alle Panther?«, fragte Maeve.

»Nein. Ihr seid alle anders.«

»Ich bin ein Tiger«, sagte Stefan, was bei seinem roten Haar sogar Sinn ergab.

Tyson klang verlegen, als er zugab: »Als ich high war, dachte ich, ich sei ein Löwe.«

Nana nickte. »Das ist korrekt. Raymond ist ein Luchs, und Maeve, du und dein Bruder seid Bären.«

»Das erklärt vieles«, murmelte Tyson.

»Pass auf, was du sagst, sonst beiße ich dir den Schwanz ab«, knurrte Maeve.

»Was ist mit mir?«, fragte Pammy.

»Du bist eine Tiger-Mischung, wie Stefan. Jessie ist ein Wolf und Daphne ist unser Falke.«

»Sie kann fliegen?«, rief Tyson.

»Nicht dass ich wüsste. Die Vogel-Huanimorphe waren nie erfolgreich, soweit ich weiß.«

»Das ist verrückt.« Dominick rieb sich das Gesicht. »Heute Morgen war ich nur ein netter, normaler Kerl, der mit seiner Freundin aufgewacht ist.«

»Seit wann hast du eine Freundin?«, fragte Tyson.

»Seit er auf seine Highschool-Flamme getroffen ist. Es ist wahre Liebe«, spottete Maeve.

Das war es, und Nana liebte die Röte in seinen Wangen. Sie wünschte nur, sie müsste nicht die folgende Warnung aussprechen. Sie hatte gehofft, sie würde nie etwas sagen müssen.

»Jetzt, nachdem sich manche von euch verwandeln können, ist vielleicht ein guter Zeitpunkt, um zu erwähnen, dass es beim Kindermachen unter Umständen Probleme geben könnte.« Laut ihrem Bruder konnten Menschen keinen huanimorphen Fötus austragen. Die Mütter erlitten früh eine Fehlgeburt. Und was Huanimorphe selbst anging? Die Frauen schienen unfruchtbar zu sein.

Diese Neuigkeit brachte Maeve dazu wegzulaufen.

Aber ihre Jungs ... sie hatten noch viele Fragen. Sie kochte, während sie sie beantwortete.

Salz brauchte sie jedoch keines; ihre Tränen reichten aus.

KAPITEL ZWANZIG

Anika wollte nach Hause fahren, nachdem sie Dominick verlassen hatte. Sie dachte auch darüber nach, umzudrehen und zurückzufahren, denn verdammt, sie wollte ebenfalls Antworten haben.

Aber als sie sich der Stadt näherte und das Schild ihres Arbeitsplatzes sah, entschied sie, dass sie nicht allein sein wollte. Obwohl sie Darryl geschrieben hatte, dass sie es vielleicht nicht schaffen würde, parkte sie und zog die Kleidung an, die sie auf der Rückbank liegen hatte. Sie konnte genauso gut arbeiten. Das dumpfe Dröhnen würde ihr dabei helfen, ihre Gedanken zu ordnen. Vielleicht.

Wie sollten sie nach dem, was passiert war,

wieder zusammenkommen? Ihr Freund war eine Raubkatze.

Wie war das passiert? Warum?

Während ihrer Pause führte sie eine Suche über Menschen durch, die sich in Tiere verwandeln konnten. Sie las überwiegend Zeug über Werwölfe, aber auch die amerikanischen Ureinwohner sprachen von ihnen. In ihren Legenden wurden sie zu vielen verschiedenen Tieren.

Aber eines hatte alle Geschichten gemeinsam: Der Zustand konnte ansteckend sein und war gefährlich.

Allerdings musste selbst sie zugeben, dass Dominick eine sehr sanfte Katze war, ganz besonders verglichen mit Thomas, der an ihrem Wagen wartete, als sie den Laden verließ – eine halbe Stunde früher als geplant, da sie Darryl gesagt hatte, sie fühle sich nicht wohl. Als er es wagte nachzufragen, fragte sie ihn wiederum, ob er frische Unterwäsche und Tampons hätte, die sie sich ausleihen könnte.

Darryl konnte sie gar nicht schnell genug ausstempeln lassen. Sie war zu ihrem Wagen geeilt, da sie entschieden hatte, Dominick anzurufen und sich mit ihm auszusprechen. Es verlangsamte ihre Schritte, Thomas mit seinen wütend zusammengezogenen Augenbrauen zu sehen.

Nicht er schon wieder.

»Solltest du dich nicht von deinem Zusammenstoß mit einer streunenden Katzer erholen?« Sie verspottete ihn, obwohl sie die Wahrheit kannte.

»Du hältst dich für so verdammt witzig. Dass du dieses *Ding* hinter mir hergeschickt hast. Da hast du dir selbst ins Knie geschossen. Die Polizei mag mir vielleicht nicht glauben, aber sie schon.«

»Wer?« Als wäre es ein Signal, öffnete sich eine Tür des Wagens, an dem Anika soeben vorbeigegangen war.

Sie wirbelte herum. Zu spät. Ihr Arm wurde festgehalten, bevor sie sich richtig wehren konnte, und dann wurden ihre Hände vor ihr gefesselt.

»Was soll das?«, rief sie. Die Antwort bestand darin, dass ihr Hintern auf den Beifahrersitz eines Wagens gestoßen wurde.

Was zur Hölle war soeben passiert?

Thomas grinste, als er näher kam. »Gut gemacht. Jetzt kann sie sich nicht gegen mich wehren.«

»Rühr sie bloß nicht an.« Die Stimme einer Frau. Dieselbe, die soeben Anika gefangen genommen hatte. Glattes, dunkelbraunes Haar, das ihr stufig geschnitten wenige Zentimeter über die Schultern fiel. Sie hatte eine schlanke Figur und starrte Thomas mit einem Blick an, der ausdrückte, dass ihr alles egal war.

Thomas gefiel ihr Befehl nicht. »Ich werde tun, was auch immer ich mit meiner Ex-Hure tun will.«

»Du bist wirklich ein Stück Scheiße.« Die Frau packte ihn am Hinterkopf und schlug ihn auf ihr Knie.

Thomas ging zu Boden und sie trat über ihn hinweg, um die Fahrzeugtür zu schließen.

Oh scheiße.

Die Frau stieg auf der anderen Seite ein, woraufhin Anika sich so weit wie möglich von ihr entfernte.

»Wer bist du? Was willst du von mir?«

Augen von haselnussbraunem Gold sahen sie an. »Ich bin nicht hinter dir her. Aber ich habe Fragen über deinen Freund.«

»Ich habe keinen Freund«, kam ihre schwache Antwort.

»Bist du dir sicher? Denn dein Ex-Mann behauptet, du hättest einen. Einen großen Kerl, der sich in eine noch größere Katze verwandeln kann. Kommt dir das bekannt vor?«

»Nein«, flüsterte sie durch trockene Lippen hindurch.

»Lügst du oder bist du nur ignorant? Ich denke, das werden wir bald herausfinden. Schreib ihm.«

»Wem?«

»Was denkst du denn? Sag deinem Freund, du wurdest entführt und dass er zum Friedhof an der Kirche kommen soll. Allein. Wenn er das nicht tut, werden dir schlimme Dinge widerfahren.«

Denn ihr Tag war ja auch noch nicht beschissen genug gewesen ...

KAPITEL EINUNDZWANZIG

Gegen acht Uhr dreissig landeten Dominick und Stefan draußen. Sein Bruder, um zu rauchen, und Dominick, um das Geländer zu umklammern und zu versuchen, seine Wut zu kontrollieren, die mit der Erleichterung kämpfte. Endlich hatte er eine Erklärung für seine Aussetzer und den Druck, den er spürte.

Er hatte etwas in sich. Ein Tier. Ein anderes Wesen, das hinauswollte.

Was zu Zorn darüber führte, dass seine Mutter gelogen hatte.

Und zu Schmerz. Zusammen mit der Enttäuschung, dass Stefan es gewusst, ihm aber nicht gesagt hatte. Aber hätte Dominick ihm ohne Beweise geglaubt? Es fiel ihm immer noch schwer, es zu verstehen, und er hatte das Video von sich selbst gesehen, wie er aus dem Wald kam und sich auf Anikas Schoß verwandelte.

Kein Wunder, dass sie bei der ersten sich ihr bietenden Gelegenheit weggelaufen war.

»Was hältst du von der Geschichte?«, fragte er seinen Bruder, der Rauchringe blies.

»Ich glaube nicht, dass Mom lügt. Ich glaube, es ist genau so, wie sie es gesagt hat. Mit einem Unterschied. Es fällt mir schwer zu glauben, dass sie es nicht wussten.«

»Was?« Dominick warf seinem Bruder einen überraschten Blick zu.

»Komm schon. Sicherlich hätte eine so geheimniskrämerische Firma wie die, für die unser Onkel gearbeitet hat, bemerkt, wie unser Onkel etwas von der Größe eines Kindes hinausgeschmuggelt hat. Dazu noch die Tatsache, dass im Leben seiner Schwester plötzlich ein paar Kinder erschienen, und das zur gleichen Zeit, in der sie sich der Fehlschläge entledigten, und ...«

Dominick verzog das Gesicht. »Aua.«

»Nur die Wahrheit. Sie haben uns wie Müll hinausgeworfen, weil sie dachten, wir wären nicht gut genug, um in ihrem Monstermorph-Klub zu sein.«

»Ich nehme an, sie lagen falsch«, war seine

trockene Antwort. »Wie lange weißt du schon von der Sache mit der Katzenminze?«

»Das erste Mal ist es in der Highschool bei einer Übernachtung passiert. Die Katze hat ein Spielzeug mit Katzenminze auf mir fallen lassen. Bevor ich mich versah, hatte ich es aufgerissen, gegessen und mich verrückt verhalten.« Stefan zuckte die Achseln. »Ich war ein paar Jahre lang süchtig nach dem Zeug. Ich bin an den seltsamsten Orten aufgewacht. Immer nackt. Du solltest meine Jugendstrafakte sehen. Bei jedem Fall steht unsittliche Entblößung dabei.«

Dominick blinzelte ihn an. »Warum wusste ich das nicht?«

»Du bist mit achtzehn zum Militär gegangen. Mom dachte, ich wäre auf Drogen, und hat mir Hausarrest aufgebrummt. Ich bin auf Entzug gegangen und habe meinen Abschluss mit Auszeichnung gemacht. In dem Herbst bin ich in ein Studentenwohnheim in der Nähe der Universität gezogen. Eines mit einem Park und einem Zoo, den ich nutzen konnte, um sicher zu erkunden, was mit mir passierte, wenn ich Katzenminze nahm. Stell dir meine Überraschung vor, als ich erkannte, dass ich mich im Rausch nicht nur für einen Tiger hielt, sondern tatsächlich zu einem wurde.«

»Warte, willst du sagen, dass du mit den Tigern im Zoo abgehangen hast?«

»Ich habe meine andere Seite erkundet. Ich dachte, vielleicht könnte ich kommunizieren.«

»Und?«

Stefan rollte seine Schultern. »Sie sind von Außenstehenden nicht so begeistert.«

»Du sagtest, du wärst von der Katzenminze abhängig gewesen. Aber ich habe dich mit der Pflanze gesehen. Du bist nicht verrückt geworden wie Tyson und ich.«

»Weil ich gelernt habe, die Kontrolle zu behalten. Was nicht einfach war. Ich habe schon immer mehr auf schlechte Angewohnheiten gestanden als du. Allerdings darfst du dich von der Sucht nicht kontrollieren lassen.«

Dominick drückte die Stelle zwischen seinen Augen. »Ich weiß nicht, ob ich mir helfen kann. Allein es zu riechen lässt mich ein wenig verrückt werden.«

»Gib der Sache Zeit. Du bist immer noch neu darin.«

Dominick prustete. »Zeit. Denkst du, das wird Anika dabei helfen, mich nicht für einen Freak zu halten?«

»Sie schien ein wenig wütend zu sein, als sie ging.«

»Sie hasst mich«, war seine mürrische Antwort.

»Sie hat wohl eher einen großen Schock erlitten. Sobald sie erkennt, dass du derselbe nervige Blödmann bist wie zuvor, wird sie darüber hinwegkommen.«

»Meinst du?«, fragte er, unsicher darüber, warum ihm Stefans Einschätzung so viel bedeutete.

»Das wird sie, aber lass sie nicht zu lange darüber grübeln. Geh zu ihr. Rede mit ihr. Erwähne vielleicht, dass sie es für sich behalten soll. Wenn ich recht habe und die Mitarbeiter des Labors, die uns kreiert haben, uns beobachten, dann dürfen sie nicht herausfinden, dass ihr Experiment funktioniert hat.«

»Ich nehme an, ich bitte Mom besser darum, mir die Schlüssel für ihren Minivan zu leihen.« Er verzog das Gesicht. Das verdammte Ding war unglaublich entmannend.

Stefan hatte Mitleid. »Nimm mein Motorrad.«

»Wie wirst du nach Hause kommen?« Stefan war kein Fan öffentlicher Verkehrsmittel.

»Ich denke, ich werde über Nacht hierbleiben. Immerhin ist morgen Thanksgiving.«

Dominick grinste. »Und das bedeutet Heidelbeerwaffeln zum Frühstück.«

»Mit Schlagsahne.«

Die beiden sabberten einen Moment lang, bevor sie ihre Eier wiederfanden. »Ich werde morgen damit zurück sein.«

»Nur drei Regeln. Kein Unfall. Kein Sex auf meinem Sitz. Und füll den Tank mit dem Premiumzeug oder stirb.«

Dominick verließ seinen Bruder und begrüßte das Pochen des Motorrads, das Knurren seines Motors und die Geschwindigkeit, die ihm dabei half, den Kopf freizukriegen. Er fuhr zu Anikas Wohnung, als ihm in den Sinn kam, dass sie vielleicht noch immer bei der Arbeit war. Er wendete und fuhr auf den Parkplatz, wo das Licht seines Motorrads einen Körper auf dem Boden beleuchtete.

Heilige Scheiße. Er parkte und lief hinüber, wurde aber langsamer, als die Person sich zögerlich aufsetzte, wobei sie stöhnte und sich den Kopf hielt. »Verdammte Huren.«

»Was hast du getan?«, knurrte Dominick, der spürte, wie die Wut in ihm hochkochte. Er ballte die Hände zu Fäusten, während er nahe genug kam, um auszuholen.

Thomas kroch zurück. »Fass mich bloß nicht an. Ich weiß, was du bist.«

»Du weißt gar nichts, Arschloch. Wo ist Anika?«

»Ich weiß nicht.«

»Und doch bist du hier, auf dem Parkplatz ihres Arbeitsplatzes, und siehst aus, als hätte dir jemand das Gesicht eingeschlagen.«

»Es war diese Fotze. Die mich aus dem Krankenhaus geholt hat. Sie sagte, sie würde mir tausend Mäuse geben, um Anika zu treffen.«

Die Worte entfachten ein unangenehmes Kribbeln. »Und du hast sie natürlich hintergangen. Wer ist sie? Was will diese Frau?« Warum hatte er die eisige Angst, dass es mit ihm zu tun hatte?

»Fick dich. Ich werde sie zuerst finden. Die Schlampe hat mich übers Ohr gehauen.«

Dominicks Handy vibrierte. Er ignorierte es. »Wie sah sie aus?«

Sein Handy klingelte und wollte einfach nicht aufhören, was ihn so sehr nervte, dass er mit einem geknurrten »Was?« ranging.

»Siehst du nicht auf dein Handy?« Es war Raymond. »Du hast eine Nachricht von Anika. Sie wurde entführt, Kumpel.«

Dominick antwortete nicht, sondern schaute in seinen Nachrichten nach.

Da war es, in fetter Schrift. Aber er glaubte es nicht. Er legte auf und rief Anika an.

Ein Mann mit tiefer Stimme nahm ab. »Du musst der Freund sein.«

»Wo ist sie? Was hast du mit Anika gemacht?«

»Nichts. Noch nicht. Also beeil dich, bevor sich das ändert.«

Klick.

Ein Rückruf brachte keine Antwort und mit einem frustrierten Schrei warf er das Handy weg, nur um es klingeln zu hören.

Verdammt. Verdammt. Verdammt!

Er entdeckte das angeschlagene Handy gerade, als Raymonds Anruf auf der Mailbox landete.

Sofort folgte eine Nachricht. *Mach nichts Dummes.*

Zu spät. Zu wissen, dass Anika in Gefahr war? Jegliche Vernunft war dahin.

Er kannte den Friedhof, zu dem er kommen sollte. Er beugte sich tief über den Lenker des Motorrads und gab Gas, um schnell dort anzukommen. In seiner Eile zu parken fuhr der Ständer nicht richtig aus, weshalb das Motorrad umfiel. Stefan würde ihn grün und blau schlagen. Es war ihm egal.

Er hatte nur einen Gedanken: Anika.

Es konnte nichts Gutes davon kommen, sich nachts auf einem Friedhof aufzuhalten. Dennoch ging er durch das Tor und musste sich allein auf das Sternenlicht und einen halb vollen Mond verlassen, die ihn führten.

Selbst mit seinem Militärtraining übersah er sie zuerst. Wer auch immer Anika entführt hatte, wusste, wie man windabgewandt und in einem Stück Schatten stand, das tief genug war, um sich zu verbergen, bis Dominick einen gewissen Punkt erreichte.

»Das ist weit genug«, sagte eine tiefe Stimme, die dafür sorgte, dass sich die Haare in seinem Nacken aufstellten.

Dominick blieb stehen und ballte die Hände zu Fäusten. Er spürte die Gestalten mehr, als dass er sie sah, die hervortraten, um ihn zu umgeben. Er zuckte, seine Haut juckte und war eng. Unangenehm.

»Wer seid ihr? Wo ist Anika?«

»Genau hier.«

Anika kam plötzlich hinter einem Grabmal hervor, sodass er sie sehen konnte. Ihre Augen waren aufgerissen und verängstigt, ihr Mund geknebelt und die Hände vor ihr gefesselt.

Zorn kochte unter seiner Haut. »Lasst sie frei.«

»Du kannst keine Forderungen stellen.« Der Mann klang belustigt, als er dorthin trat, wo auch er gesehen werden konnte. Ein großer, schlanker Kerl mit dunklem Haar und einem grausamen Ausdruck im Gesicht.

»Wer bist du?«, fragte Dominick.

»Du kannst mich Gwayne nennen. Und du bist?«

»Niemand.«

»Jeder hat einen Namen, mein Freund. Wie lautet deiner?«

Als er stumm geblieben wäre, machte Anika ein Geräusch, da ihr Haar in einer Faust zusammengenommen wurde.

Dom zitterte. »Dominick.«

»Dominick wer?«

Er wollte es nicht sagen. Er wollte nicht, dass seine Familie hineingezogen wurde.

Aber Anika …

»Hubbard.«

»War das wirklich so schwer? Jetzt das Nächste, *was* bist du?«

»Ein Kerl.«

»Du bist mehr als nur ein Kerl«, spottete Gwayne.

»Ich bin Ex-Soldat, wenn es das ist, was du wissen willst.«

»Bist du absichtlich begriffsstutzig? Was denkt ihr, Leute?«, fragte Gwayne einen seiner Begleiter, was Dominick daran erinnerte, dass es er allein gegen eine Gruppe war.

»Thomas Fitzpatrick, ein Mann, der einhundertfünfzig Stiche benötigte, behauptet, von einem

Panther angegriffen worden zu sein.« Das kam von der Frau, die Anika festhielt.

»Thomas ist ein Lügner.«

»Ist er das?«, fragte die Frau. »Denn er behauptet auch, gesehen zu haben, wie ein nackter Mann aus ihrer Wohnung kam.« Sie zeigte auf Anika. »Und dass der Mann sich in eine Katze verwandelt hätte.«

»Offensichtlich high. Er sieht Dinge, die nicht da sind.«

»Tut er das? Denn ich muss mich fragen. Dein Geruch«, Gwayne neigte den Kopf, »ist anders als der von Menschen.«

Die Wortwahl erschütterte ihn.

»Ich werde erneut fragen, was bist du? Und bevor du lügst, lass mich dir einen Ansporn geben. Wenn du nicht die Wahrheit sagst, wird sie verletzt.« Als wäre es ein Schauspiel, stieß die Frau Anika auf ihre Knie und zog ihren Kopf zurück, um ihre Kehle zu entblößen.

Dominick knurrte. Er konnte nicht anders. »Fass sie nicht an.«

»Du weißt, wie du sie beschützen kannst.« Der Mann rührte sich nicht, und doch blieb die Drohung stillschweigend.

Außerdem wusste er es offensichtlich. Das Spiel war aus. An diesem Punkt konnte Dominick nur noch bluffen und hoffen. »Mir wurde kürzlich zugetragen, dass ich ein Huanimorph bin.«

»Was zur Hölle ist das?«, rief jemand hinter ihm.

»Würdest du es verstehen, wenn ich stattdessen Werpanther sage?«

Weder Schock noch Spott erschienen im Gesicht des anderen Mannes. Im Gegenteil, anstatt zu lachen, wurden Gwaynes Augen schmaler. »Verwandle dich und zeig es mir.«

Dominick entwich ein Prusten. »So einfach ist das nicht, Kumpel.«

»Natürlich ist es das. Niles, bitte demonstriere es.«

Einer der Kerle, die ihn flankierten, kam zu seiner Linken und begann, sich unter Dominicks ungläubigem Blick zu entkleiden. Aber es war die Tatsache, dass seine menschliche Haut sich in einen Wolfspelz verwandelte – so rasch und unerwartet, dass er nach Luft schnappte.

»Werwolf.«

»Wir bevorzugen den Begriff Lykaner.«

»Lykaner.« Er ließ sich das Wort auf der Zunge zergehen. »Ist es das, was ich bin?«

Gwayne schnaubte. »Wohl kaum. Du bist eine Kuriosität. Ein Gerücht, das ich bisher nicht geglaubt habe.«

»Und das bedeutet was?«

»Lykaner sind die einzig wahren Gestaltwandler.«

Durch Schein zum Sein. Er hatte einen Ausbilder gehabt, der das immer brüllte. »Rate noch mal.«

»Bevor ich meine Entscheidung über dein Schicksal treffe, verwandle dich.«

»Ich kann nicht.«

Der Mann signalisierte nichts, und dennoch zog die Frau an Anikas Haar, woraufhin sie aufschrie und sich der Knebel löste. »Er braucht Katzenminze«, brüllte sie.

So einfach war sein Kryptonit offenbart. Auf der anderen Seite konnte er es ihr nicht verübeln.

Er hatte Glück, dass Gwayne ihm nicht glaubte. »Du brauchst *was*, um dich zu verwandeln?«

Dominick wand seinen Körper, als er zugab: »Ich scheine nur pelzig zu werden, wenn ich Katzenminze esse. Daran zu riechen macht mich geil und so ein Mist.«

»Interessant.«

»Und das bedeutet was? Was hat dein Kumpel benutzt, um die Gestalt zu wechseln?« Er zeigte auf den Wolf, der an Gwaynes Seite saß.

»Ein Lykaner von starkem Blut braucht nichts

weiter als Willenskraft. Die Unbedeutenderen brauchen Vollmond.«

»Du lässt es klingen, als gäbe es viele von euch.«

»Mehr als in deiner Familie.«

Das ließ ihn erschaudern. »Was weißt du über meine Familie?«

»Genug, um zu sagen, dass diese Unterhaltung sehr aufschlussreich war.« Gwayne schnipste mit den Fingern. »Wir werden uns bald wiedersehen.«

»Warum?«

»Weil ich der Lykaner-Alpha des Valley-Rudels bin. Und du bist eine Bedrohung in meinem Revier, um die sich jetzt gekümmert werden muss. Wenn das nicht passiert, wird es nicht gut enden.«

Mit diesen letzten Worten verschwand Gwayne mit seiner Bande.

Dominick verschwendete keine Zeit und lief zu Anika, um die Fesseln an ihren Händen zu lösen und sie vollständig von dem Knebel zu befreien. Dann nahm er sie in die Arme, vergrub sein Gesicht an ihrem Hals und atmete ihren Duft ein.

Es konnte die tobende Bestie in ihm nicht beruhigen.

Was der Grund war, warum er wusste, dass er sich verabschieden musste, sobald er sie in ihre Wohnung zurückgebracht hatte.

KAPITEL ZWEIUNDZWANZIG

Die Fahrt mit dem Motorrad war aufregend und schweigsam, da das Dröhnen des Motors und das Peitschen des Windes eine Unterhaltung unmöglich machten.

Aber sobald sie ihre Wohnung erreichten, kam sie nicht mehr drumherum.

»Geht es dir gut?«, fragte er.

»Ja. Sie haben mir nicht wirklich wehgetan. Sie haben mich mehr als Requisite benutzt, um dir Angst zu machen.« Sie rümpfte die Nase.

»Es tut mir leid.« Er sackte zusammen. »Ich hatte keine Ahnung, dass ich dir Schwierigkeiten machen würde.«

»Du kannst nicht ernsthaft die Schuld dafür auf dich nehmen. Ich bin mir ziemlich sicher, du hast es nicht absichtlich getan.«

Er schüttelte den Kopf. »Es waren seltsame vierundzwanzig Stunden.«

»Erzähl mir davon.«

»Ich sollte nicht.«

»Ich verstehe.« Sie konnte spüren, wie er sich ihr gegenüber verschloss und seinen typischen Macho-Mist abzog.

Er atmete aus. »Vielleicht bin ich in Gefahr. Meine ganze Familie. Mein Bruder Stefan denkt, dass das Labor, das uns hergestellt hat, immer noch hinter uns her sein könnte.«

Sie blinzelte. »Warte. Welches Labor? Fang von vorne an.«

Also tat er das. Er erzählte ihr, wie sie entstanden und herausgeschmuggelt worden waren. Wie er nie vermutet hatte, dass er anders sei.

»Du hast wirklich keine Ahnung, was du als die Bestie tust?«

Er zog seine Schultern zurück. »Nein. Ich bin nur froh, dass ich dir nicht wehgetan habe. Was der Grund ist, warum ich dir fernbleiben muss.«

»Du würdest mir nicht wehtun.« Sie wusste es mit einer Sicherheit, der sie nicht widersprechen würde.

»Ich bin gefährlich.«

»Nur weil es neu ist und du lernen musst, es zu kontrollieren.«

»Ja, indem ich Katzenminze fernbleibe.«

»Du sagtest, dein Bruder hätte die Kontrolle darüber. Warum du nicht auch? Du bist stärker, als du glaubst, Dom. Du bist immerhin ein Veteran.«

»Ich kann sehen, was du tust«, grummelte er.

»Ich versuche, dich davon abzuhalten, einen Fehler zu machen. Du trennst dich nicht von mir, Dominick Hubbard. Nicht bevor ich wenigstens das Thanksgiving-Abendessen gekostet habe.«

Seine Lippen zuckten. »Eigentlich wäre es grausam von mir, dir das Fondue am Weihnachtsabend, das Abendessen am ersten Weihnachtsfeiertag und das Reste-Koma am zweiten Weihnachtsfeiertag vorzuenthalten.«

»Da stimme ich dir zu. Genau wie ich etwas über einen verdammt guten Osterbraten gehört habe.«

Er fuhr mit dem Finger über die Seite ihres Gesichts. »Es könnte gefährlich sein, bei mir zu bleiben. Und ich spreche nicht nur von mir. Sieh dir an, was heute Abend passiert ist. Meine Feinde haben dich entführt.«

»Und sie haben uns gehen lassen.« Sie umfasste seine Wangen. »Hör zu, ich weiß noch nicht, wohin das hier führt. Außer in eine seltsame Richtung. Aber ich will eine Weile dabeibleiben. Um zu sehen, ob diese Sache zwischen uns die Tatsache übersteht, dass es wild und irgendwie angenehm ist.«

»Nur irgendwie?«

Sie grinste. »Vielleicht brauche ich eine weitere Demonstration der Vorzüge.«

»Ich verdiene dich nicht, Anika.« Er schnaubte sanft gegen ihr Haar, als er sie an sich drückte.

»Versprich mir nur, dass ich dich niemals dabei sehen werde, wie du dir die Eier leckst und Fellballen hochwürgst.«

»Das ist nicht witzig.«

»Wenn wir nicht lachen, was können wir dann tun?«

Sie konnten einander lieben.

Eine schnelle und heftige Zusammenkunft, die mit einem Kuss begann und mit ihnen beiden nackt endete, ihre Klamotten auf dem Boden, ihr Rücken an der Wand und er bis zum Anschlag in ihr.

Sie kratzte über seinen Rücken und atmete seinen Namen aus, als sie kam.

Sie schrie, als er seine Handlungen später im Bett wiederholte.

Sie brachte ihn jedoch beinahe um, als er sie

früh weckte. Viel zu früh, aber für Sex würde sie eine Ausnahme machen.

»Komm her«, schnurrte sie und griff nach ihm.

Stattdessen schlug er die Decke zurück. »Steh auf.«

»Warum?«, jammerte sie, da sie die Wärme vermisste. »Es ist mein freier Tag.«

»Weil wir nicht zu spät zum Frühstück kommen dürfen.«

»Ich bin mir ziemlich sicher, dass es meiner Schale Müsli egal ist, wann sie gegessen wird.« Sie hatte geprasst und eine Markenversion gekauft.

»Mom macht belgische Waffeln mit Schlagsahne, zusammen mit Bananen-Erdnussbutter-Crêpes, Speck, Würstchen und …« Er beugte sich zu ihr. »Ihren berühmten Kaffee mit Kürbisgewürz, den sie nur an einem Tag im Jahr macht.«

»Ich bin mir sicher, sie will nicht noch ein zusätzliches Maul stopfen.«

Seine Augenbrauen schossen in die Höhe. »Du kennst meine Mutter offensichtlich nicht gut.« Sein Handy, mit seinem gerissenen Bildschirm durch seinen Sturzflug, vibrierte, woraufhin er einen kurzen Blick darauf warf, bevor er sagte: »Maeve hat mir eben geschrieben. Sie sagt, Mom hätte gehört, du magst Eier Benedict, also macht sie frische English Muffins und bereitet die Soße vor.«

Sie schwang die Beine aus dem Bett. »Ist es zu früh, um zu sagen, dass ich deine Mutter liebe?«

Er packte sie und drehte sie, bis sie ihm zugewandt war. »Liebe meine Mutter. Liebe mich.«

»Muss ich?«

Sie erwartete eine großspurige Antwort à la Dominick. Stattdessen presste er seine Lippen auf ihre Stirn und flüsterte: »Ich kann nur hoffen, dass ich gut genug bin, um deiner würdig zu sein.«

Als gäbe es da Zweifel. Sie hätte nicht sagen können, wann sie sich verliebt hatte, nur, dass sie es in diesem Moment mit Sicherheit wusste. Aber sie sagte es ihm erst nach dem Frühstück, als sie im Garten auf einer Decke lagen und die Herbstsonne genossen.

Sie musste ihre Hose aufknöpfen und stöhnen. »Ich habe zu viel gegessen.«

Wer würde nicht einen Mann lieben, der ihren Bauch tätschelte und sagte: »Warte, bis du siehst, was wir zu Abend essen. Du wirst aussehen, als stündest du kurz vor der Geburt.«

»Ich muss nur darauf achten, Platz für den Nachtisch zu lassen.« Und ja, sie zwinkerte, als sie es sagte.

Denn sie liebte einen Mann, der sie vernaschen konnte – auf die allerbesten Arten.

EPILOG

Nana betrachtete ihre Familie, die an dem riesigen Esstisch saß, der von ihren Jungs während der Highschool gebaut worden war. Seither war er ein paarmal repariert worden, genau wie die Bänke, aber sie war niemals glücklicher, als wenn er voll besetzt war.

Alle bis auf zwei Kinder versammelten sich zum Abendessen. Jessie, die bereits seit ein paar Jahren durch Europa reiste. Daeve, im Einsatz und dazu entschlossen, Nana graue Haare wachsen zu lassen, angesichts seiner Entschlossenheit, seinen älteren Bruder mit seiner Zahl an Missionen zu übertrumpfen.

Sie musste sich daran erinnern, dass Dominick heil wieder nach Hause gekommen war. Und noch besser, er schien sich endlich einzuleben, dank Anika.

Während sie sich beim Abendessen unterhielten, dankte sie einem Gott, an den sie nicht glaubte, dafür, dass er ihre Familie beschützte, und dankte allen Geistern, dass sie trotz der Offenbarung ihres Geheimnisses immer noch alle ihre Kinder hatte.

Überwiegend. Ein paar Dinge, die sie nicht preisgeben konnte, blieben immer noch unausgesprochen. Sie konnte sie nicht enthüllen. Noch nicht. Was, wenn ihre Ängste nie Gestalt annahmen?

Aber was, wenn ein anderes ihrer Kinder ein anonymes Päckchen erhielt?

Waren sie sicher?

Das Thanksgiving-Abendessen beinhaltete viele Unterhaltungen über ihre Herkunft. Es hatte keinen Sinn, es voreinander geheim zu halten, besonders, sobald sie herausfanden, dass Daphne ihrer ganzen Unterhaltung gelauscht hatte.

Der Einzige, der sich ihr gegenüber distanziert verhielt, war Stefan. Wenn man bedachte, wie lange er sein gestreiftes Geheimnis bewahrt hatte, konnte sie ihn verstehen.

Sie würden sich miteinander aussprechen müssen. Bald. Aber nicht heute Abend. Heute

Abend ging es um zu viel Essen. Um Familie. Um Liebe.

Das Klopfen an der Tür ertönte, als sie sich dem Nachtisch zuwenden wollten: Kürbiskuchen mit Schlagsahne und Karamell. Als sie ihn servierte, ging Stefan zur Tür und kehrte mit einem Umschlag zurück.

»Was ist das?« Es war seltsam, dass sie Post bekamen, von wegen Feiertag und so.

»Keine Ahnung, aber er ist an den Hubbard-Familienclan adressiert«, sagte Stefan mit einem Stirnrunzeln, während er den Umschlag in den Händen drehte.

»Vielleicht haben wir im Lotto gewonnen!« Daphne klatschte in die Hände.

»Vielleicht, Winzling. Lass uns nachsehen, was drin ist.«

Sie mussten ungeduldig warten, während Stefan den Umschlag aufriss und eine vergoldete Karte herausholte.

Er las sie laut vor.

»Die Hubbard-Familie wird dazu aufgefordert, an Halloween bei dem Valley-Rudel vorstellig zu werden.«

»Valley-Rudel? Das sind die Arschlöcher, die Anika entführt haben«, knurrte Dominick.

»Dann können sie sich ins Knie ficken.« Stefan steckte die Einladung in Brand.

Aber schon in Kürze sollte er erkennen, dass es nicht die Art Einladung war, die man ablehnen konnte.

***Stefan** wird bald herausfinden, dass er sein eigenes Leben einschränken muss, um das Überleben seiner Familie zu sichern. Fetzen werden fliegen, wenn der Tiger auf eine Wolfsprinzessin trifft, die entscheidet, dass sie ihn will. Das Problem ist nur, sie ist nicht die Einzige.*

www.ingramcontent.com/pod-product-compliance
Lightning Source LLC
LaVergne TN
LVHW041628060526
838200LV00040B/1489